I0796235

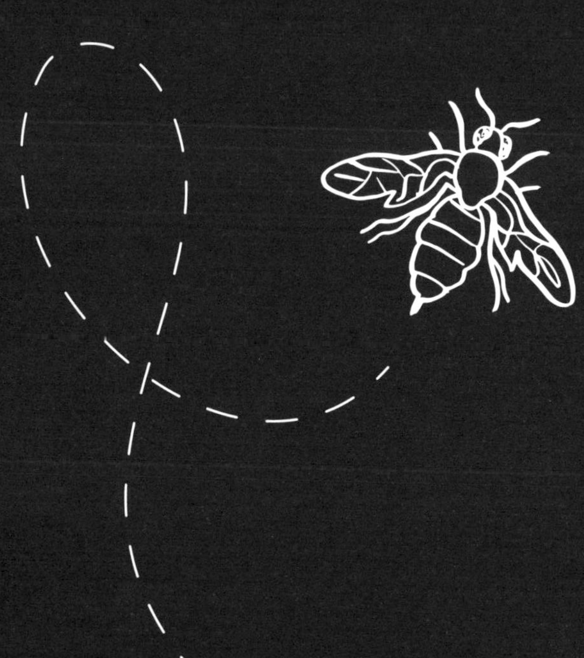

otras maneras de usar la boca

EDICIÓN
10.º ANIVERSARIO

En 2012 escribí un poema sobre el genocidio Sij de 1984 en el que incluí versos sobre la colonia de las viudas en Nueva Delhi, India. La colonia de las viudas es una colonia de mujeres sikh cuyos maridos y familias fueron masacrados durante el genocidio. Aquellas mujeres no han dejado de luchar por la justicia. Esos versos dicen lo siguiente:

Esto va por la viuda
que está sola
ella es leche pura y miel

Al escribir esas últimas palabras, sentí que algo dentro de mí se removía. Era un saber profundo, una voz que decía: «*utilizarás esas palabras en otro lugar, recuérdalo*». Abrí un documento nuevo, escribí «leche y miel» y lo archivé con el título «guardar para más adelante».

Dos años más tarde, en 2014, terminé el borrador de mi primer libro de poesía. Necesitaba un nombre. Casi de inmediato, esa voz familiar, ese saber profundo que vino a verme en 2012 volvió y dijo: «Ya lo tienes». Abrí aquel documento titulado «guardar para más adelante» y ahí estaba: «leche y miel».[1]

En la cultura punyabí, la leche y la miel son ingredientes que se utilizan mucho en la medicina tradicional. Escribir este libro fue mi medicina.

---

1. El título original en inglés de *otras maneras de usar la boca* es *milk and honey*; literalmente, *leche y miel*. *(N. de la t.)*

De rupi kaur:

otras maneras de usar la boca

el sol y sus flores

todo lo que necesito existe ya en mí

palabras para sanar

Rupi Kaur Live **(emisión en Amazon Prime Video)**

otras maneras de usar la boca

EDICIÓN
10.º ANIVERSARIO

rupi kaur

Título original: *milk and honey: 10th anniversary collector's edition*

Seix Barral, un sello editorial de Editorial Planeta, S. A.
Avda. Diagonal, 662-664, 08034 Barcelona (España)
www.seix-barral.es
www.planetadelibros.com

Primera edición: marzo de 2025
ISBN: 978-84-322-4459-9
Depósito legal: B. 3.528-2025
Composición: Moelmo, SCP
Impresión y encuadernación: Egedsa
Impreso en España

otras maneras de usar la boca fue originalmente autopublicado el 13 de noviembre de 2014.

Se convirtió en un fenómeno internacional al vender alrededor de seis millones de ejemplares y ocupar un puesto en la lista de los más vendidos del *New York Times* durante casi cuatro años.

Se convirtió en uno de los libros de poesía más vendidos del siglo XXI.

En 2024 se han cumplido diez años de la publicación de *otras maneras de usar la boca.*

comentarios de invitadas

Gracias a mis amigas
Carlota Guerrero (página 34),
Kiran Rai (Kayray) (página 188),
Jasmeet Gill (página 197),
Keerat Kaur (página 200)
y Malala Yousafzai (página 205)
por participar en esta edición
de *otras maneras de usar la boca* como comentaristas invitadas.

para
los brazos
que me sostienen

índice

introducción

Recité mi primer poema en un escenario en 2009. Era una chica de diecisiete años aterrorizada que acababa de salir de una relación abusiva de tres años. Unas semanas después de la ruptura, vi un cartel de un bar que anunciaba una noche de micro abierto. Recitar delante del público era radicalmente opuesto a lo que mi personalidad extremadamente tímida me permitía, pero por alguna extraña razón me apunté. Estaba desesperada por ser algo que no fuera la chica a la que él había hecho daño. Quería ser alguien a quien él nunca más pusiera las manos encima.

La tarde del micro abierto estaba nerviosa. Había veinte personas en el público. Las manos y las rodillas me temblaban al subirme a ese escenario improvisado. Mientras hablaba por el micrófono, algo cambió dentro de mí. No podía creer que el público estuviera reaccionando a *mis* palabras. Estaban escuchando *mi* voz. Si podía entrelazar palabras, entonces podría contar historias. Le dieron a una chica rota el deseo de creer en sí misma. Puede que todo lo que tenía que decir sí mereciera ser escuchado.

Después de aquella noche y durante cuatro años, escribí y recité en cada oportunidad que tuve hasta que, siendo una universitaria de veintiún años, decidí publicar un libro. Pedí consejo a muchísimas personas sobre cómo encontrar una editorial. Me dijeron: «Nadie publica poesía, no hay mercado». Les pregunté entonces si debía autopublicar. Un profesor me dijo: «Si autopublicas, la comunidad literaria nunca te aceptará».

Autopubliqué *otras maneras de usar la boca* el 13 de noviembre de 2014. Fue, y sigue siendo, la experiencia creativa más plena de mi vida. Entre semana asistía a clases en la Universidad de Waterloo y los fines de semana me iba de viaje para recitar en distintos eventos. Mis hermanos pequeños me acompañaban a los *shows*. Mientras recitaba, montaban una mesa en el fondo de la sala y vendían ejemplares del libro.

Patty Rice, una editora de Andrews McMeel, se dio cuenta de que en solo cuatro meses se habían vendido alrededor de 18.000 ejemplares de *otras maneras de usar la boca* en una industria en la que vender 5.000 ejemplares de un libro de poesía era algo excepcional y poco común. Más tarde me dijo: «Tenía curiosidad por saber cómo un libro autopublicado se estaba vendiendo más que los de editoriales tradicionales, así que me compré uno». La editorial Andrews McMeel se ofreció a publicarme, ¡lo que significaba que *otras maneras de usar la boca* iba a estar por fin disponible en librerías!

Esa edición de *otras maneras de usar la boca* salió en octubre de 2015. No tardó en aparecer por primera vez en la lista de los más vendidos del *New York Times*, donde estuvo casi cuatro años. *otras maneras de usar la boca* se tradujo a más de cuarenta idiomas y se vendieron más de seis millones de ejemplares. En 2018, un día me desperté con un artículo en el *Atlantic* que decía que *otras maneras de usar la boca* había superado a Homero, «quitándole el puesto del libro de poesía más vendido a la *Odisea*».

~

Parece que fue ayer cuando autopubliqué *otras maneras de usar la boca*, pero al mismo tiempo parece que ha pasado una vida.

Al estar aquí sentada escribiendo esta introducción, me emociono recordando a la chica que era hace diez años, la chica que escribió este libro y me llevó a ser la mujer que soy hoy.

La echo de menos. Ojalá pudiera volver atrás y abrazarla. Echo de menos la forma en la que solía abrirse a la vida. Echo de menos la manera en la que escribía sentimientos crudos en papel crudo con palabras crudas para contarse a sí misma la verdad. Esa chica era tan guay y ni siquiera lo sabía. Ya era todo lo que necesitaba ser pero no se daba cuenta porque estaba demasiado ocupada corriendo a toda velocidad hacia el futuro.

En cada paso que damos por la vida nos despojamos de lo que somos para pasar a la siguiente versión de nosotros mismos.

Ojalá hubiera podido aferrarme a esa chica un poco más. Empezaba a gustarse a sí misma y lo disfrutaba cuando *otras maneras de usar la boca* lo cambió todo y una nueva versión de mí ocupó su lugar.

Me pregunto si estaría orgullosa de las decisiones que tomé. ¿Habría hecho ella lo mismo en mi lugar? Espero haberle hecho justicia. Espero no haber perdido el hilo. Espero no haberme desviado del camino que construyó únicamente con sus propias manos. A lo mejor estoy demasiado metida en mi cabeza. Bueno, es lo que se me da mejor.

Escribí gran parte de este libro cuando era adolescente y luchaba por sobrevivir al abuso que había consumido mi vida. Desde su publicación en 2014, he pasado mucho tiempo llorando por esa chica tan valiente, pero tengo la extraña sensación de que, si estuviera aquí hoy, la mujer en la que me he convertido la dejaría sin aliento.

~

Veros a muchas de vosotras por todo el mundo ha sido una de las vivencias más importantes de los últimos diez años. Os habéis acercado a mí en cafeterías para contarme vuestras esperanzas y sueños. Nos hemos abrazado, nos hemos cogido de la mano, nos hemos hecho fotos. Nos hemos encontrado en las esquinas y me habéis contado el dolor que habéis vivido. Hemos entablado discusiones apasionadas sobre regímenes opresivos y sobre lo que significa resistir. Me habéis contado historias sobre vuestras familias, los seres queridos que habéis perdido y los que habéis encontrado. Cómo una ruptura o una agresión sexual os ha traído a *otras maneras de usar la boca*. Ahora, años después, estáis en otro lugar completamente diferente. Sois activistas, escritoras, poetas, pensadoras, artistas y sentidoras. Y estoy eternamente agradecida por todas y cada una de vosotras.

Cuando llegué a casa después de mi última gira mundial con los libros que me regalasteis, me di cuenta de que tenía toda una estantería llena de libros que habían escrito mis lectoras, y eso me emocionó mucho. Me siento muy orgullosa y honrada de estar conectada con vosotras. Vuestras voces son dignas. Merecen ser escuchadas. Me habéis enseñado que nuestras historias son nuestro superpoder. Nadie puede quitarnos lo que hemos vivido.

Cuando empecé a armar esta edición para el décimo aniversario, lo primero que hice fue leer *otras maneras de usar la boca* de principio a fin. Me descubrí a mí misma escribiendo pequeñas notas y reflexiones sobre distintos poemas. Historias sobre lo que había inspirado algunos de ellos y cómo me sentía al respecto ahora. He incluido esas anotaciones a mano en esta edición junto con textos antiguos de mi diario y dibujos. Lo que más me entusiasma es el nuevo capítulo que he añadido, titulado «el recuerdo», que incluye poemas nuevos y otros que nunca llegaron a formar parte de la primera edición.

A lo largo de todo este libro, también encontrarás anotaciones escritas por mis seres queridos. Jasmeet Gill, crecer contigo fue el mejor regalo que me han hecho nunca. Kiran Rai (Kayray), compañera y soñadora, tu fe en mí cambió el curso de mi vida. Keerat Kaur, eres la artista de mi vida. Malala Yousafzai, es un honor luchar a tu lado por un mundo más justo. Carlota Guerrero, eres arte hecho realidad. Gracias por vuestras contribuciones.

Mis lectoras, tenéis todo mi corazón. Sois valientes. Sois poderosas. Gracias por vuestros mejores deseos. Sois el mejor público ante el que escribir y recitar. Me siento afortunada por ser testigo de esta vida con vosotras.

Rupi Kaur

siete meses y medio antes de la publicación

3 de abril de 2014 10.33 pm

los poemas
caen desde mí
como la lluvia. son tan atrevidos.
tan peligrosos. tan incómodos
que perturban mis ojos
y no los puedo digerir.
algunos son tan sucios.
tan inapropiados.
tan correctos.

un mes y medio antes de la publicación

2 de octubre de 2014

queridos lectores,

son las 3.46 de la madrugada del 2 de octubre de 2014. siempre empiezo mis cartas igual. con la hora y la fecha. me da una sensación de ~~no~~ lugar. una sensación de dónde estoy y saber que existo. pertenezco aquí. a pesar de que alguien o algo me diga lo contrario.

acabo de soltarme el pelo. me duelen los hombros de cargar con el peso de cientos de preocupaciones diferentes y tengo un nudo en la garganta que me avisa de que, si me sumerjo demasiado en estas palabras, voy a llorar. pero todos sabemos que tengo una costumbre horrorosa de ahogarme en mis propias palabras, así que seguramente termine llorando.

el día que nací, mi madre estaba rodeada de una docena de mujeres diferentes. me gusta pensar que de ahí viene mi sentimiento de sororidad. como muchos hombres sij, mi padre tuvo que huir del país para salvar su vida, así que no pudo estar cuando nací. nos juntamos tres años y medio más tarde en canadá. me gusta pensar que mi sed de revolución viene de él.

he tardado veintiún años en llegar a este momento. veintiún años en convertirme en esta fuerza silenciosa de mujer. he cruzado océanos. países. ciudades. para sentarme en este lugar con el privilegio de estar escribiendo. me ha costado pérdida tras pérdida tras pérdida. mi infancia perdida en las manos de hombres extraños.

aun así, de algún modo, incluso en los dolores más profundos, sabía que todavía había belleza. solo tenía que encontrarla. ahora aquí estoy. para decirte que lo he escrito. el primer libro está terminado. todo lo que he aprendido. sentido. soportado en las últimas dos décadas. te lo estoy dando todo.

enamorémonos de todo lo que el universo nos ofrece. gracias por guardar siempre mi corazón en vuestras manos. os doy este libro a cambio.

- rupi

una semana antes de la publicación

6 de noviembre de 2014 2.38 am

mi corazón siente
alivio y nervios.
compartir *otras maneras de usar la boca*
con vosotros
da mucho miedo.
pero es miedo del bueno.
ese tipo de miedo
que te hace saber
que estás haciendo algo
aterrador pero correcto

anoche mi corazón me despertó llorando
cómo puedo ayudarte le rogué
mi corazón contestó
escribe el libro

el daño

cómo te resulta tan fácil
ser amable con la gente preguntó

la leche y la miel gotearon
desde mis labios al contestar

porque la gente no
ha sido amable conmigo

el primer chico que me besó
me apretó los hombros
como al manillar de
la primera bicicleta
en la que se montó
yo tenía cinco años

sus labios olían
al hambre
que aprendió de cuando
su padre devoraba a su madre a las cuatro de la mañana

fue el primer chico
que me enseñó que mi cuerpo servía
para dárselo a aquellos que querían
que me sintiera cualquier cosa
menos completa

y por dios
me sentí tan vacía
como su madre a las cuatro y veinticinco de la mañana

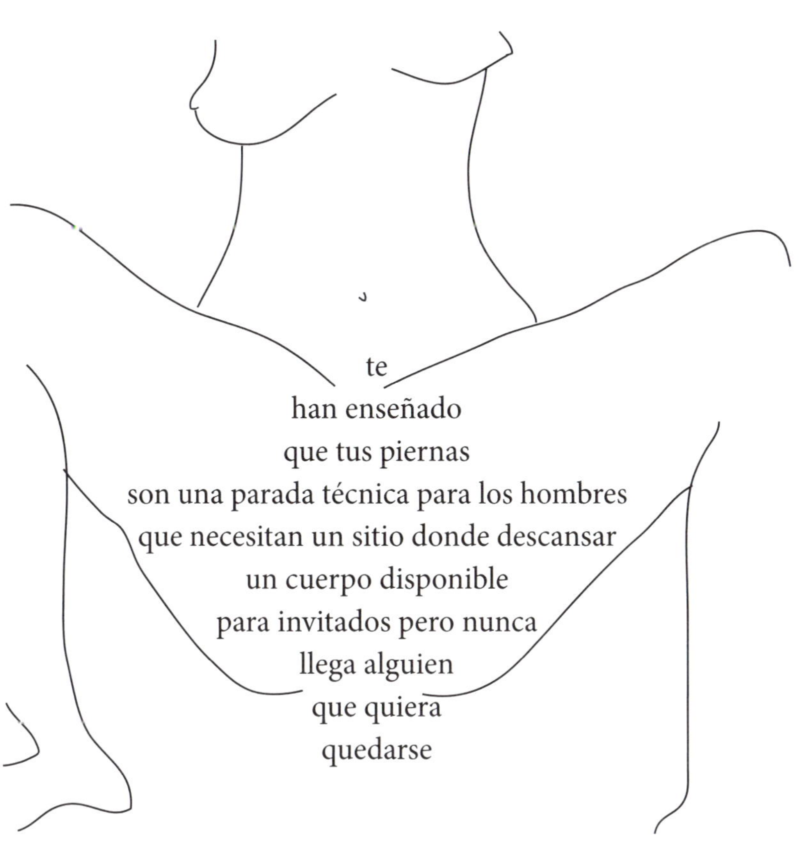

te
han enseñado
que tus piernas
son una parada técnica para los hombres
que necesitan un sitio donde descansar
un cuerpo disponible
para invitados pero nunca
llega alguien
que quiera
quedarse

el dibujo que menos
le gusta a mi madre
del libro

es tu sangre
la que corre por mis venas
dime cómo se supone
que voy a olvidar

el terapeuta coloca
la muñeca delante de ti
es del tamaño de las niñas
que a tus tíos les gustaba tocar

señala dónde estaban sus manos

apuntas con el dedo el lugar que hay
entre sus piernas aquel
donde metió el suyo
como una confesión

cómo te sientes

te sacas el nudo
de la garganta
con los dientes
y dices *bien*
en realidad no siento nada

– *sesiones entre semana*

iba a ser
el primer hombre al que amaras en tu vida
todavía lo buscas
por todas partes

– *padre*

¿Cuántas veces he sentido algo de una manera tan intensa, tan inmensa, algo que he considerado indescriptible, para después comprobar que Rupi ya lo había descrito con las palabras más perfectas y precisas?

Carlota Guerrero

tenías tanto miedo
de mi voz
que decidí tener
miedo yo también

ella era una rosa
en las manos de aquellos
que no tenían intención
de conservarla

cada vez que
le hablas a tu hija
que le gritas
sin amor
le enseñas a confundir
la rabia con la amabilidad
lo que parece una buena idea
hasta que crece y
confía en hombres que le hacen daño
porque se parecen demasiado
a ti

– a los padres con hijas

he tenido sexo dijo
pero no sé
lo que se siente
al hacer el amor

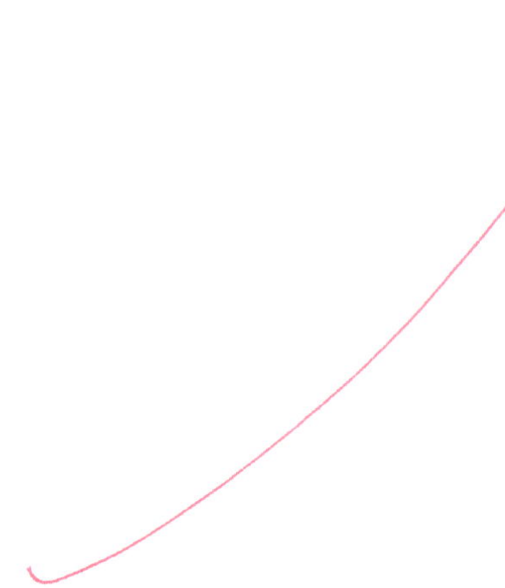

10 años más tarde, la seguridad consiste en:

- escuchar mi voz interior
- respetarme a mí misma
- dejar de ignorar las *red flags*
- confiar en que soy suficiente
- poner límites

si hubiera sabido a
qué se parece la seguridad
habría perdido menos
tiempo cayendo en
brazos que no me la daban

se me rompe el corazón al pensar en cómo mi yo de veintiún años consideraba que debían tratarme. pasó demasiado tiempo en relaciones tóxicas.

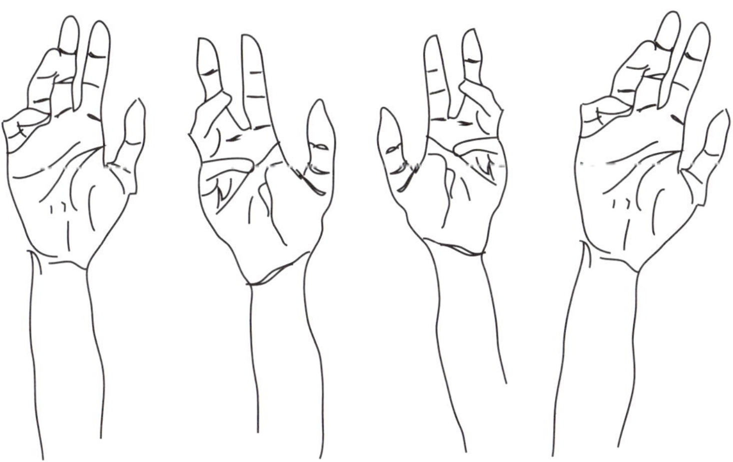

el sexo supone el consentimiento de dos
si una persona está tumbada sin hacer nada
porque no está preparada
o no está de humor
o simplemente no quiere
y aun así la otra está teniendo sexo
con su cuerpo no es amor
es violación

la idea de que somos
capaces de amar
pero seguimos eligiendo
ser tóxicos

no hay mayor espejismo en el mundo
que la idea de que una mujer lleve
la deshonra a su casa
por intentar mantener su corazón
y su cuerpo a salvo

sujetaste
mis piernas
contra el suelo
con los pies
y me exigiste
que me levantara

la violación
te partirá
por la mitad

pero
no
terminará contigo

Para todas las supervivientes que estéis
leyendo esto: conozco vuestro dolor
y lo mantengo junto al mío.

hay tristeza
viviendo en partes de ti
en las que la tristeza no debería vivir

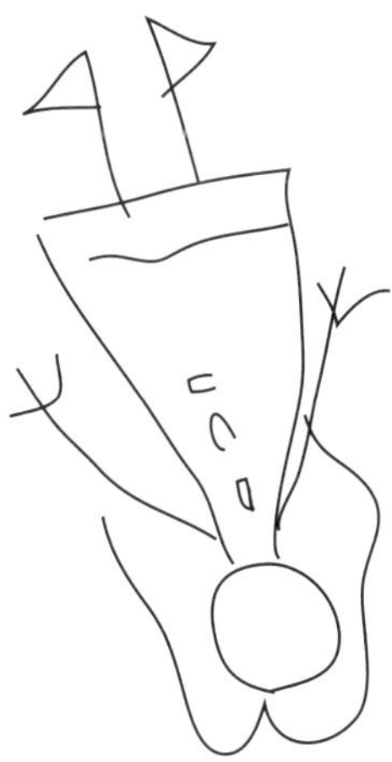

una hija no debería
tener que
suplicar a su padre
una relación

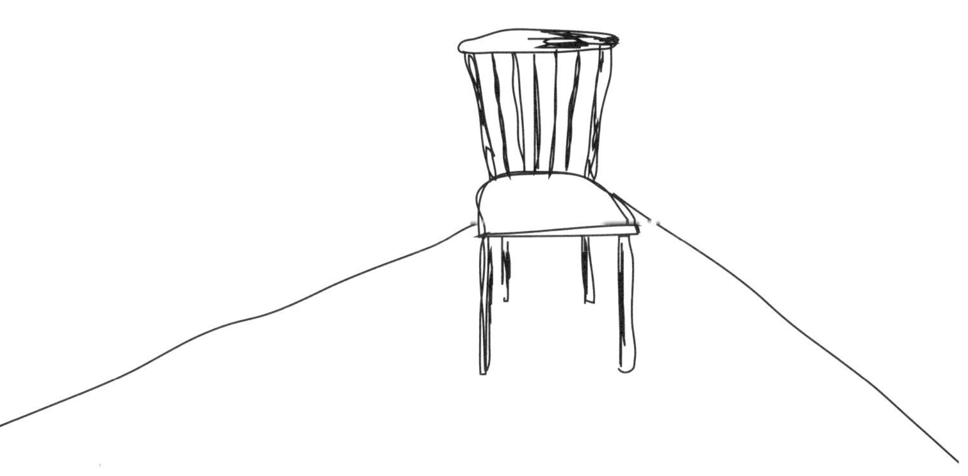

intentar convencerme a mí misma
de que tengo derecho
a ocupar un espacio
es como escribir
con la mano izquierda
cuando nací
para usar la derecha

– la idea de hacerse pequeño es hereditaria

me dices que me calme porque
mis opiniones me hacen menos guapa
pero no he nacido con un fuego en el vientre
para que puedan apartarme
no he nacido con una lengua rápida
para que puedan tragarme con facilidad
he nacido fuerte
mitad cuchilla mitad seda
difícil de olvidar y nada fácil
de seguir

la destripa
con los dedos
como si arañara
el interior
de un melón vacío

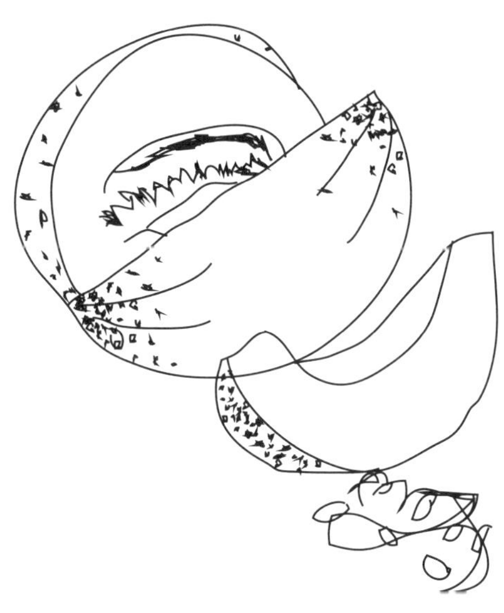

tu madre
tiene la costumbre
de ofrecer más amor
del que puedes soportar

tu padre está ausente

tú eres la guerra
el límite entre dos países
el daño colateral
la paradoja que une a los dos
pero también los separa

salir del vientre de mi madre
fue mi primer acto de desaparición
aprender a empequeñecer por una familia
a la que le gusta la invisibilidad de sus hijas
fue el segundo
el arte de estar vacío
es simple
creerles cuando dicen
que no eres nada
repetírtelo a ti misma
como un deseo
no soy nada
no soy nada
no soy nada
tan a menudo
la única razón por la que sabes
que sigues viva es
por el peso en tu pecho

– el arte de estar vacío

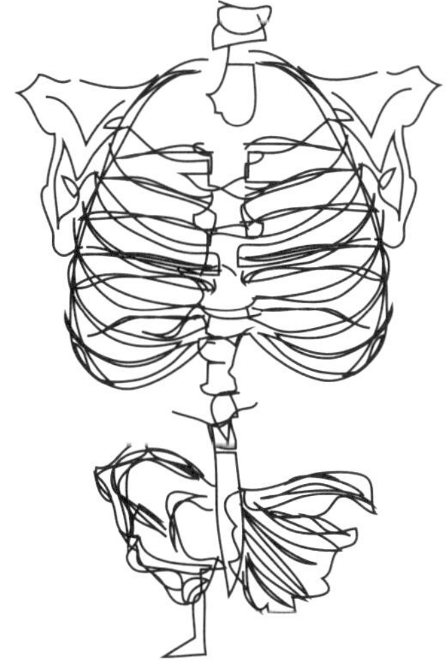

te pareces a tu madre

supongo que llevo conmigo su ternura

tenéis los mismos ojos

porque las dos estamos agotadas

y las manos

tenemos los mismos dedos marchitos

pero la rabia tu madre no tiene ese odio

tienes razón
rabia es lo único
que saqué de mi padre

(homenaje a *herencia*, de warsan shire)

cuando mi madre abre la boca
para tener una conversación durante la cena
mi padre mete la palabra silencio
entre sus labios y le dice que
no hable nunca con la boca llena
así es como las mujeres de mi familia
aprendieron a vivir con la boca cerrada

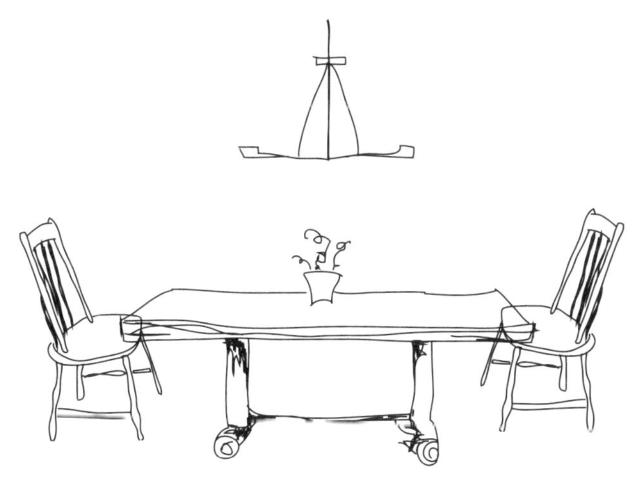

a nuestras rodillas
las fuerzan a abrirse
los primos
y los tíos
y los hombres
a nuestros cuerpos los tocan
todas las personas equivocadas
que incluso en una cama llena de seguridad
tememos

Le guardaba mucho rencor a mi padre porque no tuvimos el tipo de relación que quería (o necesitaba). En los años que han pasado después de la publicación de *otras maneras de usar la boca*, me he dado cuenta de que, como yo, está experimentando la vida por primera vez. Podría perdonarle y trabajar con lo que tengo o dedicarle más tiempo a mi ira, lo que es una pérdida de tiempo precioso. Una década más tarde, siento más compasión por él. Me doy cuenta de que intenta tener una relación más sólida conmigo, pero no sabe cómo. Con el privilegio que me ha concedido a través de sus sacrificios, tengo más palabras y herramientas que él. Puede que tenga que tomar la delantera. Quizá deba empezar yo las conversaciones.

padre. siempre llamas para no contar nada en particular. me preguntas qué estoy haciendo o dónde estoy y cuando el silencio entre nosotros se estira como la vida me cuesta encontrar preguntas para continuar la conversación. lo que quiero decirte es. que entiendo que este mundo te rompiera. ha sido difícil para ti. no te culpo por no saber cómo ser tierno conmigo. a veces me quedo despierta pensando en todos los lugares donde te duele y que nunca mencionarás. vengo de la misma sangre dolorida. del mismo hueso tan desesperado por atención que me derrumbo. soy tu hija. sé que hablar de cosas sin importancia es la única manera de que sepas cómo decirme que me quieres. porque es la única manera de saber cómo decirte que te quiero.

te abres paso dentro de mí con dos dedos y me estremezco. es como si pasaras una goma contra una herida abierta. no me gusta. empiezas a empujar más y más rápido. pero no siento nada. buscas una reacción en mi cara así que me pongo a actuar como las mujeres desnudas que salen en los vídeos que ves cuando crees que nadie está mirando. imito sus gemidos. vacíos y hambrientos. me preguntas si me gusta y digo *sí* tan rápidamente que parece ensayado. porque es una actuación. no te das cuenta.

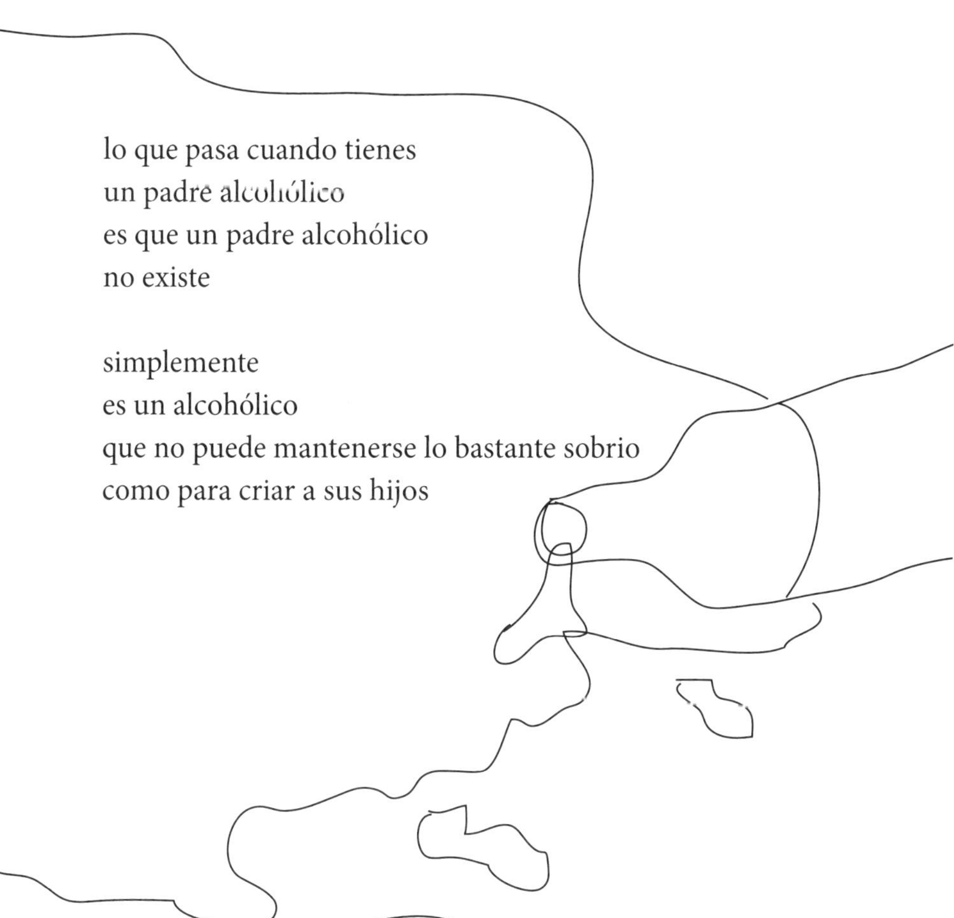

lo que pasa cuando tienes
un padre alcohólico
es que un padre alcohólico
no existe

simplemente
es un alcohólico
que no puede mantenerse lo bastante sobrio
como para criar a sus hijos

no sé si mi madre está
asustada o enamorada
de mi padre
todo me parece lo mismo

me encojo cuando me tocas
me asusta que sea él

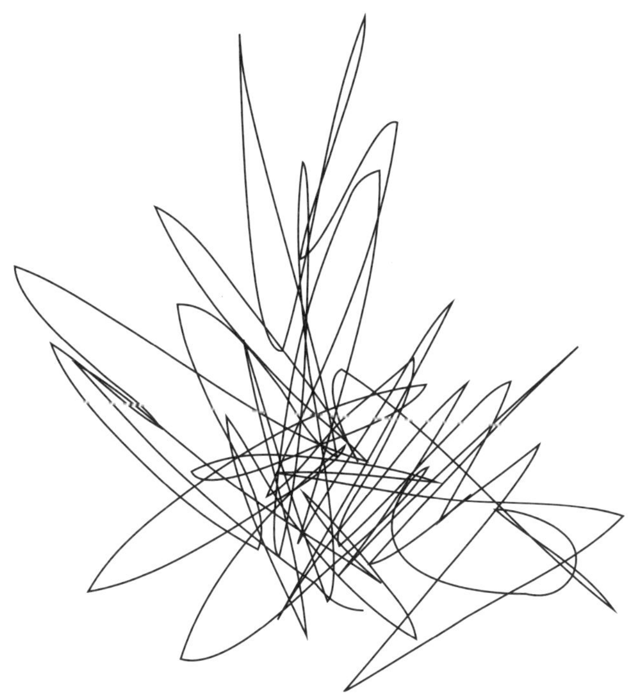

el amor

cuando mi madre se quedó embarazada
de su segundo hijo yo tenía cuatro años
le señalé el vientre abultado confusa por cómo
mi madre se había puesto tan grande en tan poco tiempo
mi padre me levantó con sus brazos como troncos de árbol
y dijo la cosa más cercana a dios en esta tierra
es el cuerpo de una mujer es donde surge la vida
y tener a un hombre adulto contándome algo
tan poderoso a una edad tan temprana
me cambió la manera de mirar el universo entero
recostada a los pies de mi madre

me cuesta mucho
entender
cómo alguien puede
poner toda su alma
sangre y energía
en alguien
sin querer
nada
a cambio

– tendré que esperar a ser madre

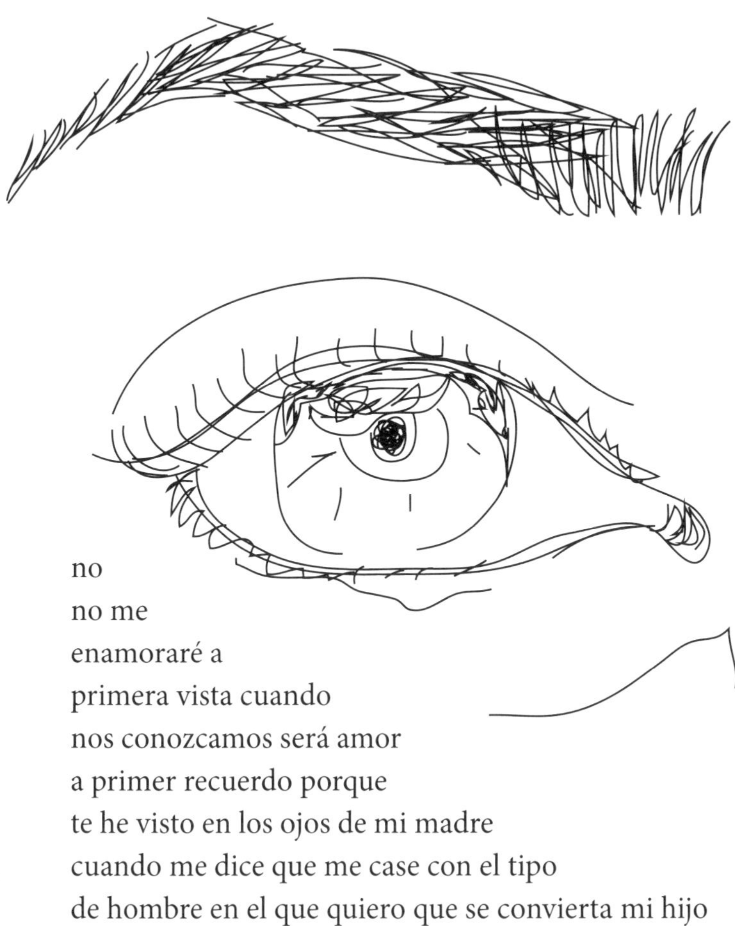

no
no me
enamoraré a
primera vista cuando
nos conozcamos será amor
a primer recuerdo porque
te he visto en los ojos de mi madre
cuando me dice que me case con el tipo
de hombre en el que quiero que se convierta mi hijo

toda revolución
comienza y termina
con sus labios

qué soy yo para ti pregunta
pongo las manos sobre su regazo
y le susurro *eres*
toda la esperanza
que he tenido
en forma humana

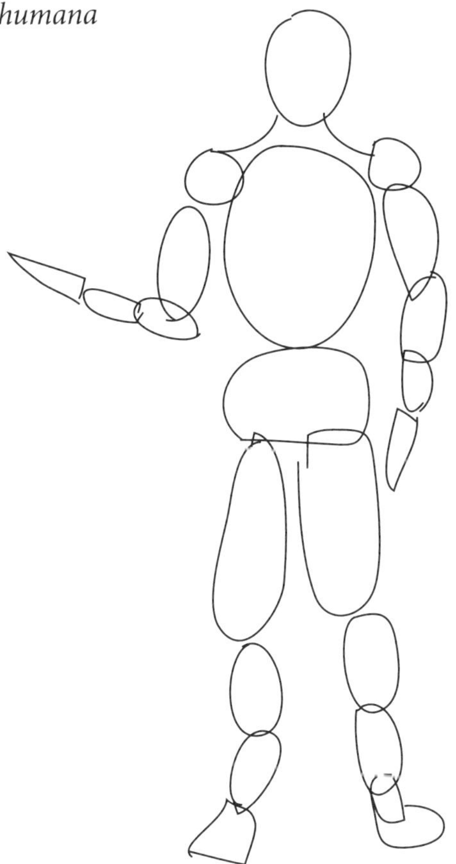

mi parte favorita de ti es tu olor
hueles a
tierra
hierbas
jardines
un poco más
humano que el resto de nosotros

sé que
debería derrumbarme
por motivos más importantes
pero has visto
a ese chico él consigue
que el sol
se arrodille cada
noche

eres la línea tenue
entre la fe y
la espera ciega

– carta a mi futuro amante

nada es más seguro
que el sonido de tu voz
leyendo en voz alta para mí

– la cita perfecta

colocó sus manos
en mi mente
antes de llegar hasta
mi cintura
mis caderas
o mis labios
no me llamó
preciosa la primera vez
me llamó
exquisita

– cómo me toca

estoy aprendiendo
a quererlo
queriéndome a mí misma

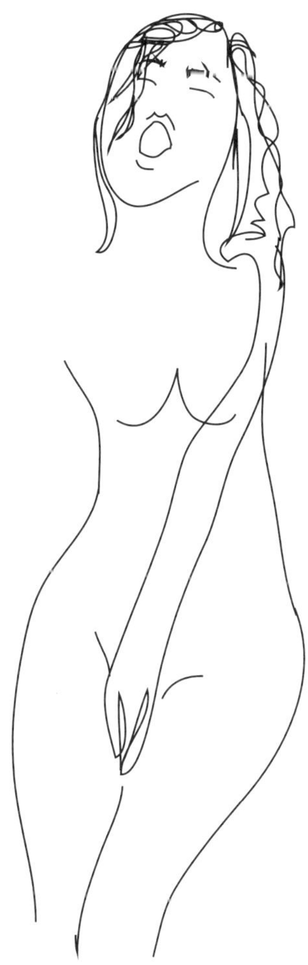

dice
siento no ser una persona fácil de querer
lo miro sorprendida
quién dijo que quería algo fácil
no deseo lo fácil
maldita sea deseo lo difícil

pensar en ti
me abre las piernas
como un caballete con un lienzo
suplicando arte

estoy preparada para ti
siempre he
estado
preparada para ti

– la primera vez

no quiero tenerte
para que llenes las partes vacías de mí
quiero llenarme por mí misma
quiero estar tan completa
que pueda alumbrar una ciudad entera
y entonces
quiero tenerte
porque la mezcla de los dos
podría incendiarla

Una de mis lectoras
le propuso matrimonio
a su pareja en mitad de
un recital, justo después
de que yo leyera este
poema. Había más de dos
mil personas en la sala.
El teatro estalló.
¡Dijo que sí!

el amor llegará
y cuando el amor llegue
el amor te abrazará
el amor te llamará por tu nombre
y te derretirás
a veces sin embargo
el amor te hará daño pero
el amor nunca querrá hacerte daño
el amor no jugará a ningún juego
porque el amor sabe que la vida
ya ha sido bastante difícil

estaría mintiendo si dijera
que me dejas sin palabras
la verdad es que dejas
a mi lengua tan débil que se le olvida
qué idioma habla

me pregunta qué hago
le digo que trabajo para una empresa pequeña
que hace embalajes para…
me interrumpe a mitad de la frase
no qué haces para pagar las facturas
sino qué te vuelve loca
qué te mantiene despierta por las noches

le digo *escribo*
me pide que le enseñe algo
pongo las puntas de mis dedos
en su antebrazo
y le rozo hasta la muñeca
la piel de gallina sale a la superficie
veo cómo su boca se contrae
los músculos se tensan
sus ojos leen con atención los míos
como si yo fuera el motivo
que les hace parpadear
aparto la mirada justo cuando
se pone a centímetros de mí
doy un paso atrás

así que esto es lo que haces
llamas la atención
mis mejillas se sonrojan mientras
sonrío con timidez
y confieso
no puedo evitarlo

puede que no hayas sido mi primer amor
pero fuiste el amor que convirtió
a todos los demás amores
en irrelevantes

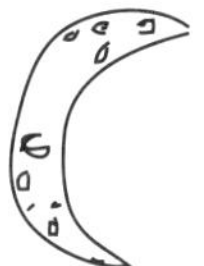    

me has tocado
sin ni siquiera
tocarme

cómo conviertes
un bosque en llamas como yo
en algo tan suave que me convierto
en una cascada de agua

es como si olieras
a miel sin dolor
déjame probar un poco de eso

tu nombre tiene
la connotación positiva y negativa
más fuerte de cualquier idioma
tan pronto me ilumina como
me deja dolorida durante días

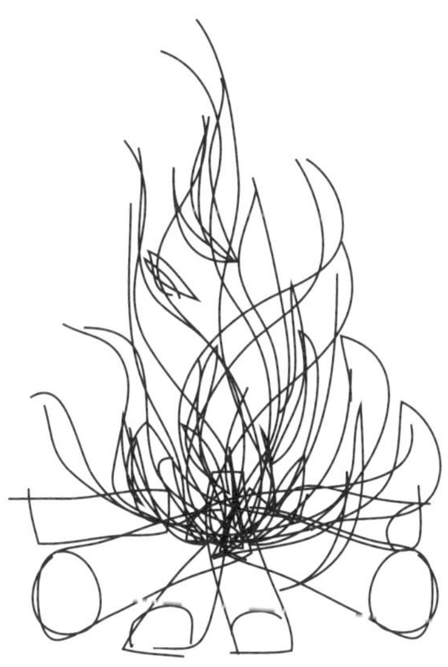

hablas demasiado
me susurra al oído
se me ocurren otras maneras de usar la boca

dato curioso:
se me ocurren otras maneras de usar la boca
se convirtió en el título de la edición brasileña de
milk and honey

es tu voz
la que me desviste

mi nombre suena tan bien
dándose un beso francés con tu lengua

enredas los dedos
en mi pelo
y tiras
así
es como sacas
música de mí

– *preliminares*

en días
como este
necesito que
pases tus dedos
entre mi pelo
y hables en voz baja

– *tú*

quiero que tus manos
no agarren
mis manos
que tus labios
no besen
mis labios
sino otras partes

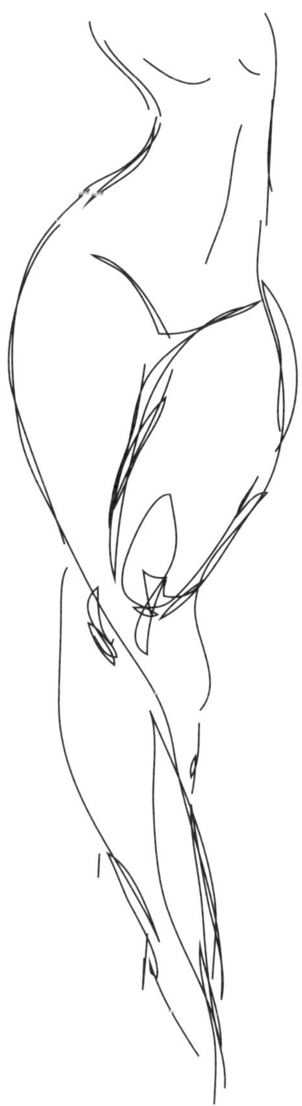

necesito a alguien
que sepa luchar
tan bien como yo
alguien
dispuesto a acoger mis pies en su regazo
en esos días en los que sea muy difícil mantenerse de pie
el tipo de persona que dé
exactamente lo que necesito
antes de que sepa siquiera que lo necesito
el tipo de amante que me escuche
aunque no hable
ese es el tipo de comprensión
que pido

– el tipo de amante que necesito

¿demasiado intenso para ponerlo
en tu perfil de citas?

mueves mi mano
entre mis piernas
y susurras
haz que bailen para mí esos pequeños dedos preciosos

– actuación solista

hemos discutido más de lo que deberíamos. sobre cosas que ninguno de los dos recuerda o le interesan porque así es como evitamos lo más importante. en vez de preguntarnos por qué no nos decimos *te quiero* tan a menudo como antes. peleamos por cosas como: quién se suponía que iba a levantarse y apagar las luces primero. o quién iba a meter la pizza congelada en el horno después del trabajo. recibimos golpes en lo más vulnerable de cada uno. somos como dedos entre espinas, cariño. sabemos exactamente dónde duele.

y todo está sobre la mesa esta noche. como aquella vez en la que susurraste un nombre que estoy bastante segura de que no era el mío mientras dormías. o la semana pasada cuando dijiste que te quedabas a trabajar hasta tarde. así que llamé al trabajo pero dijeron que te habías ido un par de horas antes. dónde estuviste esas dos horas.

lo sé. lo sé. tus excusas tienen todo el sentido del mundo. y a veces me preocupo sin motivo y me pongo a llorar. pero qué otra cosa esperabas, cariño. te quiero mucho. siento haber creído que estabas mintiendo.

es entonces cuando pones las manos sobre la cabeza con frustración. casi rogándome que pare. a punto del cansancio y el hastío. el veneno de nuestras bocas ha hecho agujeros en las mejillas. parecemos menos vivos que antes. con menos color en la cara. pero no te engañes. no importa lo mal que se ponga, ambos sabemos que todavía quieres clavarme al suelo. en especial cuando grito tan fuerte que nuestras peleas despiertan a los vecinos. y vienen corriendo hasta la puerta para salvarnos. amor, no abras.

en vez de eso. túmbame. ábreme como un mapa. y con el dedo marca los sitios donde aún quieres f******* con fuerza. bésame como si fuera el punto central de gravedad y te estuvieras cayendo en mí, como si mi alma fuera el punto de referencia de la tuya. y cuando tu boca bese no mi boca sino otros sitios. mis piernas se separarán como de costumbre. y será entonces cuando te empuje hacia dentro. bienvenido. a casa.

cuando toda la calle esté mirando por la ventana preguntándose qué es todo ese ruido. y los bomberos entren para salvarnos pero no puedan distinguir si las llamas vienen de nuestra rabia o de nuestra pasión. sonreiré. inclinaré la cabeza hacia atrás. arquearé mi cuerpo como una montaña que quieras partir en dos. amor, lámeme.

como si tu boca tuviera el don de leer y yo fuera tu libro favorito. encuentra tu página favorita en el punto débil que tengo entre las piernas y léelo despacio. con fluidez. con intensidad. no te atrevas a dejar una sola palabra sin tocar. y te juro que el final será bueno. las últimas palabras llegarán. corriendo a tu boca. cuando hayas terminado. siéntate. porque me toca a mí hacer música con las rodillas sobre el suelo.

dulce amor. así. es como sacamos el idioma el uno al otro con el golpe de nuestras lenguas. así es como tenemos una conversación. así. es como nos reconciliamos.

– *cómo nos reconciliamos*

¡qué rico!

la ruptura

¿quién más está enganchada
a la sensación de enamorarse
al principio de las relaciones?
vivo para ello.
juro que la cantidad de veces
que he estado a punto de
echar a perder algo bueno
solo para poder salir
y experimentar esa
emoción de nuevo
es problemática

siempre
me meto sola
en este lío
siempre le dejo
decirme que soy preciosa
y casi me lo creo
siempre salto creyendo
que me cogerá
cuando caiga
amo
y sueño
sin remedio
y esa será
mi muerte

cuando mi madre dice que merezco algo mejor
salto para defenderte como siempre
todavía me quiere grito
me mira con derrota en los ojos
de la manera en la que un padre mira a su hijo
cuando sabe que este es un tipo de dolor
que ni ellos pueden arreglar
y dice
no significa nada que te quiera
si no puede hacer ni una maldita cosa al respecto

mamá, tenías razón.
gracias por el consejo ♡

estabas tan distante
que olvidé siquiera que estabas ahí

dijiste. si tiene que pasar. el destino nos hará volver juntos. durante un segundo me pregunto si de verdad eres así de ingenuo. si realmente crees que el destino funciona así. como si viviera en el cielo y nos mirara desde arriba. como si tuviera cinco dedos y pasara el tiempo colocándonos como piezas de ajedrez. como si no fueran las decisiones que tomamos las que. quién te enseñó eso. dime. quién te convenció. te han dado un corazón y una mente que no te corresponde usar. tus acciones no definen quién serás. quiero chillar y gritar *somos nosotros, idiota. somos los únicos que podemos hacer que volvamos*. pero en vez de eso me siento en silencio. sonrío tímidamente a través de mis labios temblorosos y pienso. es trágico. cuando puedes verlo con tanta claridad pero la otra persona no lo hace.

no confundas
sal con azúcar
si quiere
estar contigo
estará contigo
es así de simple

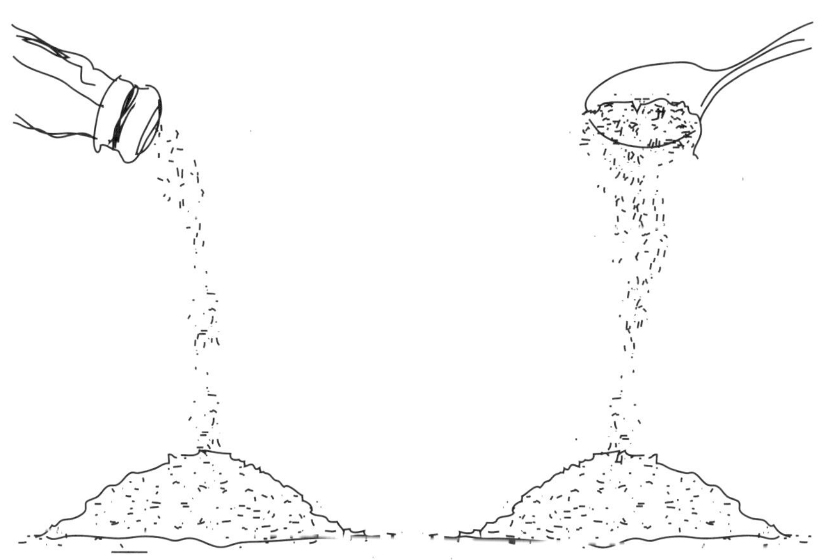

lo único que hace es murmurar *te quiero*
mientras desliza las manos
por debajo de la cintura
de tus pantalones

aquí es cuando debes
entender la diferencia
entre querer y necesitar
puede que quieras a ese chico
pero sin duda
no lo necesitas

eras tentadoramente hermoso
pero pinchabas cuando me acercaba

la mujer que viene después de mí será una versión pirata de mí misma. lo intentará, y te escribirá poemas para que borres aquellos que he dejado memorizados en tus labios, pero sus versos nunca podrán golpearte por dentro como lo hacían los míos. entonces, intentará hacerle el amor a tu cuerpo. pero nunca va a lamerte, acariciarte o chuparte como yo. será una triste sustitución de la mujer que dejaste ir. nada de lo que haga te excitará y eso la romperá. cuando se canse de romperse por un hombre que no le devuelve lo que ella le da me reconocerá en tus párpados mirándola con pena y lo entenderá. cómo puede amar a un hombre que está ocupado queriendo a alguien a quien no puede volver a tocar.

la próxima vez
que te pidas el café solo
probarás el amargo
estado en el que te ha dejado
te hará llorar
pero nunca
pararás de beberlo
prefieres tener
las partes más oscuras de él
que no tener nada

más que cualquier otra cosa
quiero salvarte a ti
de mí misma

has pasado demasiadas noches
con su hombría escondida dentro de tus piernas
como para olvidar lo que es la soledad

murmuras
te quiero
cuando lo que quieres decir es
no quiero que te vayas

Me llevó unas cuantas relaciones aprender
que «te quiero» puede significar muchas cosas.
Más tarde me inspiró para escribir una versión más
larga de este poema, que publiqué en
mi tercer libro, *todo lo que necesito existe ya en mí*
(página 55, edición en papel)

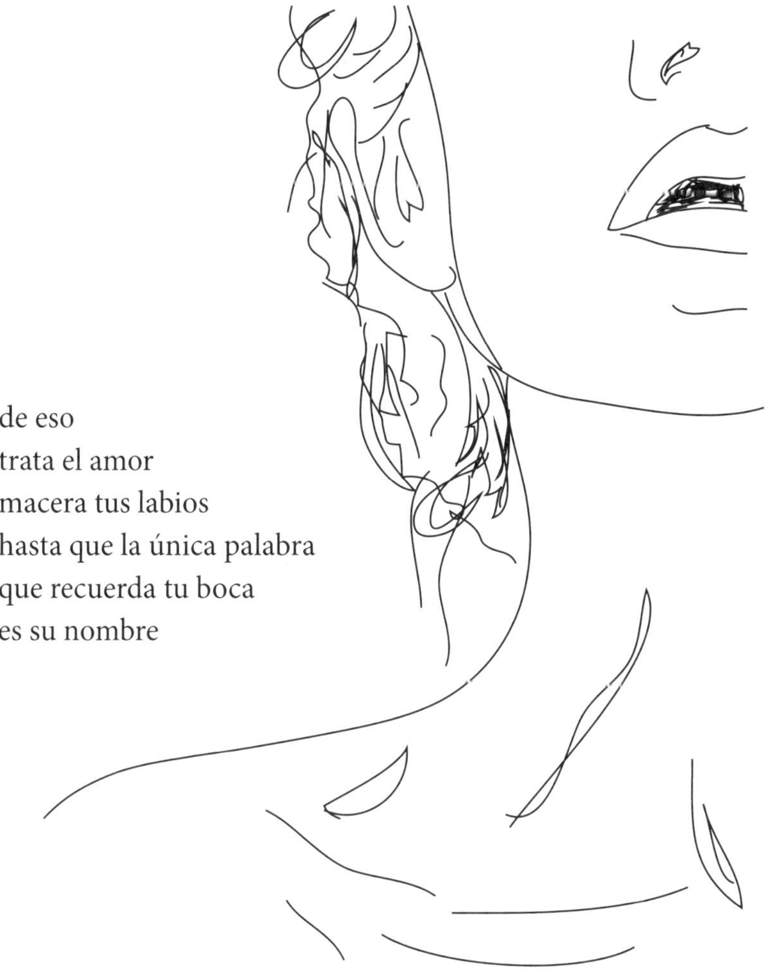

de eso
trata el amor
macera tus labios
hasta que la única palabra
que recuerda tu boca
es su nombre

debe de doler saber
que soy tu más
hermoso
pesar

- punto.

no me fui porque
dejara de quererte
me fui porque cuanto más tiempo
me quedaba menos
me quería a mí misma

no debes obligarlos
a que te quieran
deben quererte por ellos mismos

Me inspiré para escribir este poema después de un viaje a Nueva York en 2014. Estaba pasando por ello con alguien en ese momento, pero estar fuera durante el fin de semana, en una ciudad tan grande, fue revitalizante. Este poema soy yo diciéndome a mí misma que soy suficiente. Soy mucho más que la parada en boxes de nadie. Así que si alguien quiere irse, que se vaya. Pero no voy a dejarlos entrar de nuevo cuando les convenga.

creíste que era una ciudad lo bastante
grande como para una escapada de fin de semana
soy el pueblo que la rodea
aquel del que nunca has oído hablar
pero siempre cruzas
aquí no hay luces de neón
ni rascacielos ni estatuas
pero hay un trueno
con el que hago temblar los puentes
no soy comida de la calle soy espesa
mermelada casera lo más dulce
que tocarán tus labios
no soy sirenas de policía
soy el crujido de una chimenea
te quemaría y aun así
no podrías dejar de mirarme
porque estoy tan guapa cuando lo hago
que te sonrojas
no soy una habitación de hotel soy un hogar
no soy el whisky que quieres
soy el agua que necesitas
no vengas aquí con expectativas
de convertirme en tus vacaciones

aquel que venga después de ti
me recordará que el amor
ha de ser algo tierno

tendrá el sabor
de la poesía
que desearía poder escribir

si
no puede evitar
degradar a otras mujeres
cuando no están mirando
si el veneno es parte
de su lenguaje
podría recogerte
en su regazo y ser tierno
cariño
ese hombre podría alimentarte de azúcar
y bañarte en agua de rosas
pero aun así eso no le convertiría
en alguien dulce

– *si quieres saber el tipo de hombre que es*

soy un museo lleno de arte
pero tenías los ojos cerrados

Me ♥
la manera en la que Rupi transpira sensualidad
en su poesía

como mujer, dejando
que sientas el placer como un
acto radical.
Necesitaba este libro cuando lo leí,
y necesitaba a Rupi cuando
entró en mi vida.

YOYO

tienes que haberte dado cuenta
de que estabas equivocado
cuando tus dedos
se hundieron dentro de mí
buscando la miel
que no saldría para ti

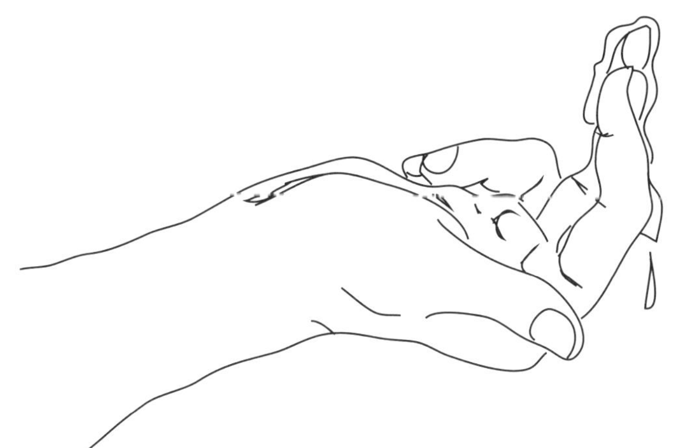

aquello
por lo que merece la pena esperar
no habría que dejarlo escapar

cuando estés rota
porque te ha dejado
no te preguntes
si fuiste
suficiente
el problema fue
que fuiste tanto
que no fue capaz de soportarlo

mi amor confundió tu peligro
con mi seguridad

Escribí este poema al comprender
que mi idea del amor era tóxica.
Mis experiencias en la infancia me hicieron
creer que en el amor era normal sentir
miedo, o que si alguien tenía el control
era porque lo sentía todo con mucha pasión.
Escribir me ayudó a redefinir el amor.
Puedes ver mi nueva definición en la
página 77.

incluso al desnudarla
me buscas a mí
siento
saber tan bien
cuando vosotros dos
hacéis el amor es
mi nombre el que aún
cae de tu
lengua por accidente

lo siento, pero no lo siento

los tratas como si
tuvieran un corazón como el tuyo
pero no todo el mundo puede ser
tan dulce y tan tierno

no ves las personas
que son
ves las personas
en las que pueden convertirse

das y das hasta
que sacan todo de ti
y te dejan vacía

tuve que irme
me cansé de
permitirte
hacerme sentir
todo
menos completa

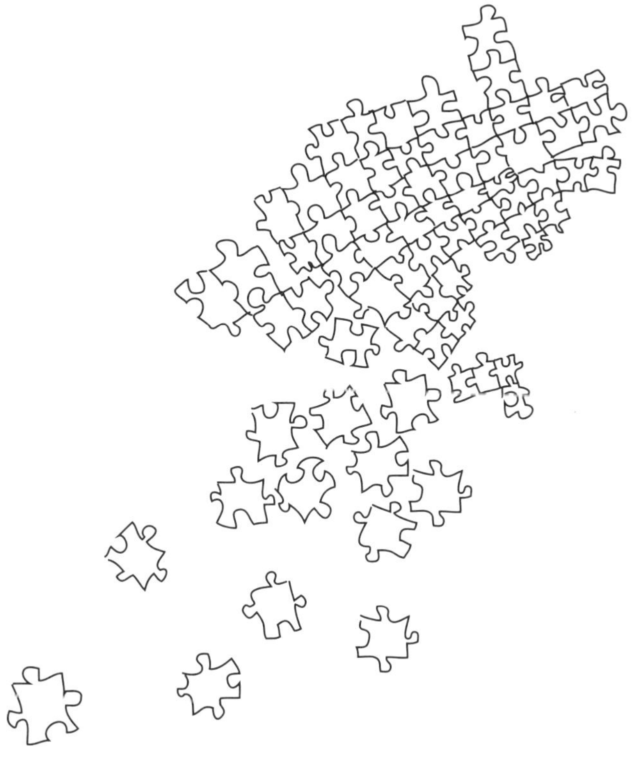

eras lo más precioso que había sentido hasta ahora. y estaba convencida de que serías lo más precioso que iba a sentir siempre. sabes cómo limita eso. pensar que a una edad tan temprana ya he conocido a la persona más estimulante de mi vida. cómo voy a pasar el resto de mi vida conformándome. pensar que he probado la miel más pura y que todo lo demás será refinado y sintético. que nada después de esto sumará. que ni juntando todos los años que me esperan podrán ser más dulces que tú.

– falsedad

maldita sea, me equivoqué.

Mi yo de treinta y un años le diría a mi yo de veintiuno que bajo ningún concepto iba a pasarse el resto de su vida conformándose. Gracias a dios no acepté sus términos y no me hice más pequeña para encajar en su vida. La vida no me aplastó, como esperaba. Se hizo más grande. Supongo que estaba enamorada de alguien que ni siquiera estaba presente. Enamorada de la idea de él, no de él. No combinaba con mi luz. Claro que el final dolió, pero fue el comienzo de una versión mucho más brillante de mí misma.

no sé qué es una vida equilibrada
cuando estoy triste
no lloro me vierto
cuando estoy feliz
no sonrío brillo
cuando estoy enfadada
no grito ardo

lo bueno de vivir en los extremos es
que cuando amo doy alas
pero quizá eso
no sea algo tan bueno porque
siempre tienden a irse
y deberías verme
cuando se me rompe el corazón
no me duele
me hago añicos

he venido hasta aquí
para darte todas esas cosas
pero ni siquiera estás mirando

la abusada
y la
abusadora

– he sido ambas

te estoy desatando
de mi piel

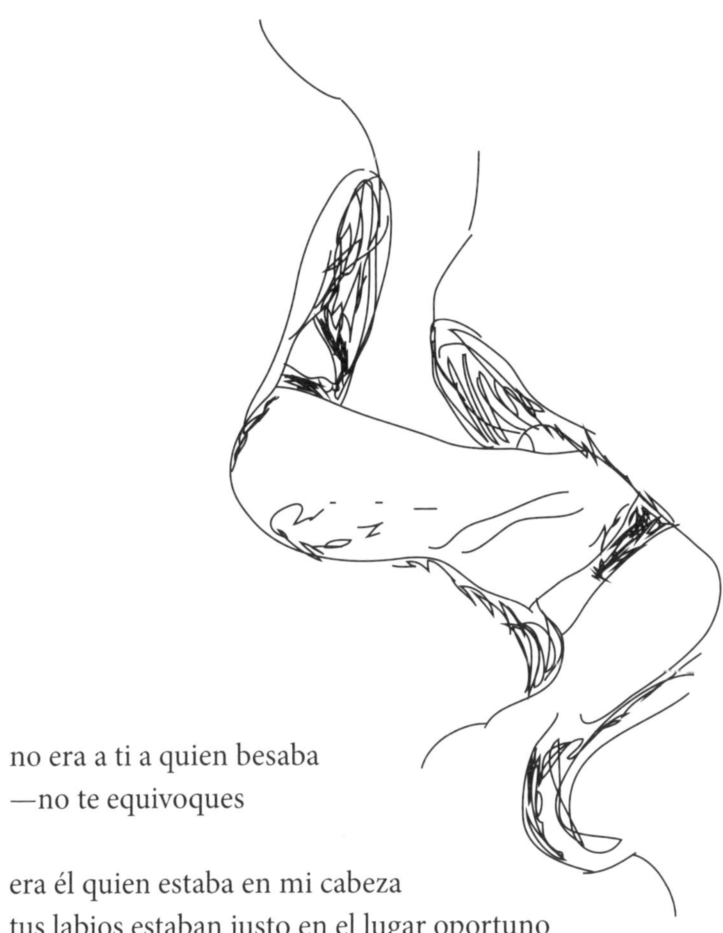

no era a ti a quien besaba
—no te equivoques

era él quien estaba en mi cabeza
tus labios estaban justo en el lugar oportuno

siempre vuelve a ti
bultos
círculos
irritaciones
su manera de volver a ti

A veces un amor seguro
te acaricia y nunca se marcha.

yo era música
pero tú te habías cortado las orejas

mi lengua está agria
por el hambre de
extrañarte

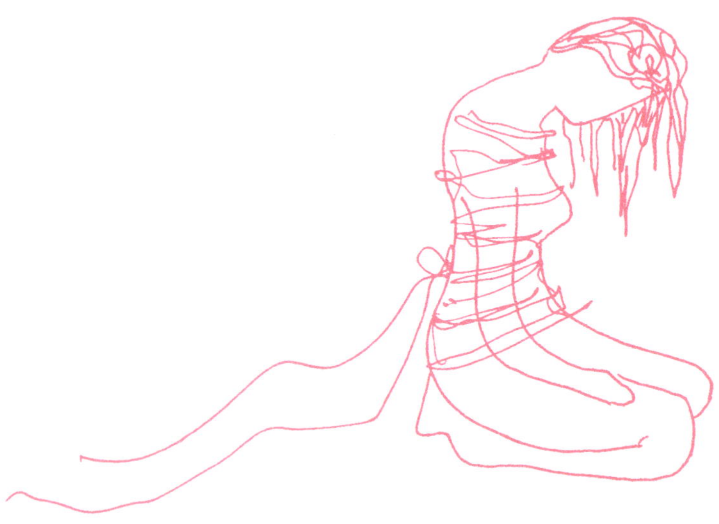

no te haré
construirme en tu vida
cuando
lo que quiero es
construir una vida contigo

– la diferencia

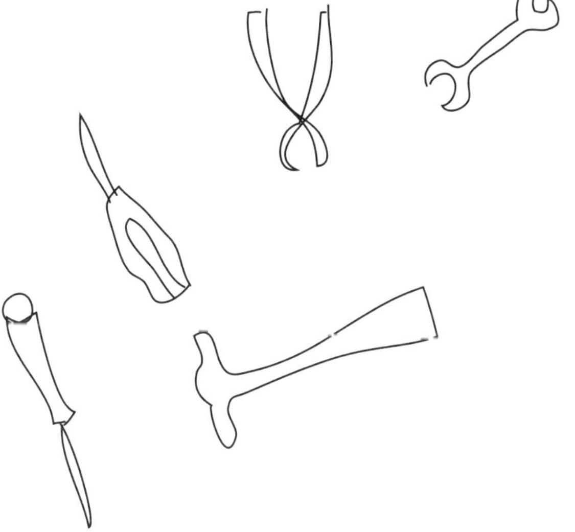

ríos caen desde mi boca
las lágrimas que mis ojos no pueden soportar

tienes la piel de serpiente
y sigo mudándote de alguna manera
mi cabeza está olvidando
cada detalle exquisito
de tu cara
dejar ir se ha
convertido en olvidar
que es lo más
placentero y triste
que ha pasado

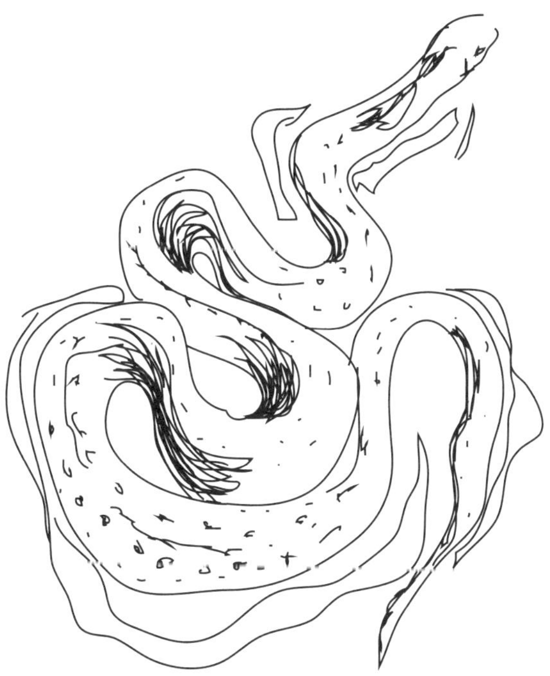

no te equivocaste al irte
te equivocaste al volver
y pensar
que podías tenerme
cuando fuera conveniente
y marcharte cuando no

cómo puedo escribir
si se llevó mis manos
con él

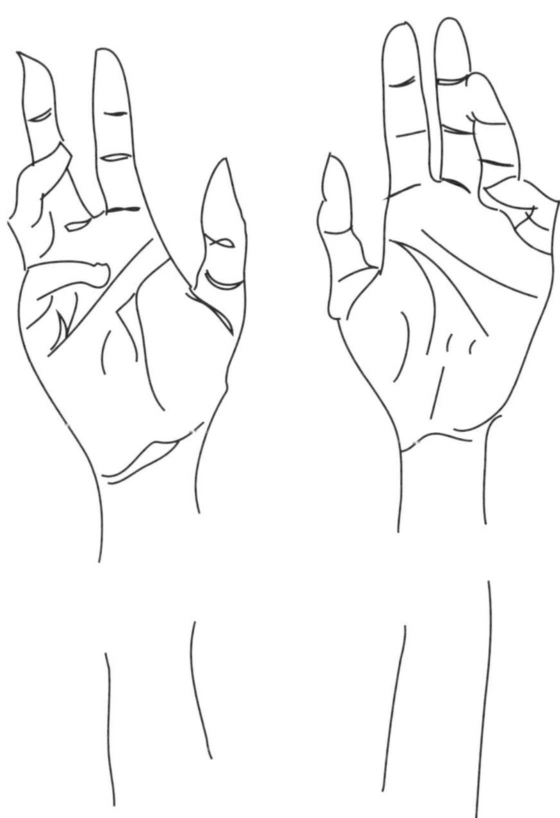

ninguno de los dos es feliz
pero ninguno de los dos quiere irse
así que seguimos rompiéndonos
y llamándolo amor

Es difícil dejar a alguien.
El miedo a lo desconocido nos convence para quedarnos en relaciones que hemos superado.
Hacemos aún más daño a la otra persona y a nosotras mismas al prolongar lo inevitable.
No hay una salida fácil. Tienes que arrancar la tirita.

comenzamos
con sinceridad
deja que terminemos
así también

– *nosotros*

tu voz
por sí sola
me hace
llorar

no sé por qué
me abro en dos
para los demás sabiendo
que coserme a mí misma
duele tanto
después

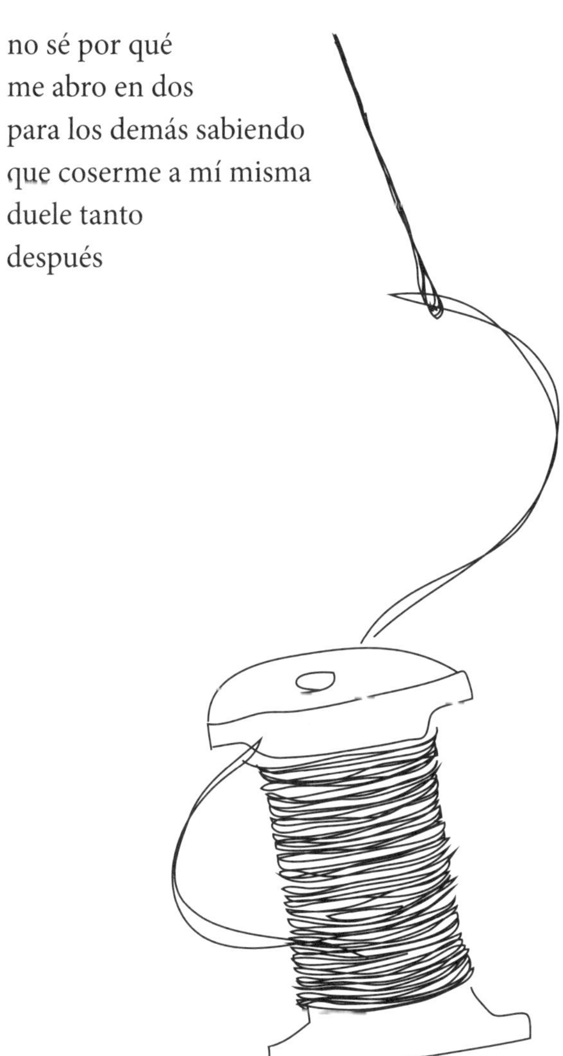

la gente se va
pero siempre
se queda
su manera de irse

el amor no es cruel
nosotros somos crueles
el amor no es un juego
nosotros hemos convertido en un juego
al amor

cómo puede morir nuestro amor
si está escrito
en estas páginas

incluso después del daño
de la pérdida
de la pena
de la ruptura
tu cuerpo es todavía
el único
bajo el que quiero
estar desnuda

la noche después de que te marcharas
me desperté tan rota
que el único sitio donde pude poner mis trozos
fue en las bolsas debajo de mis ojos

quédate
susurré
mientras tú
cerrabas la puerta tras de ti

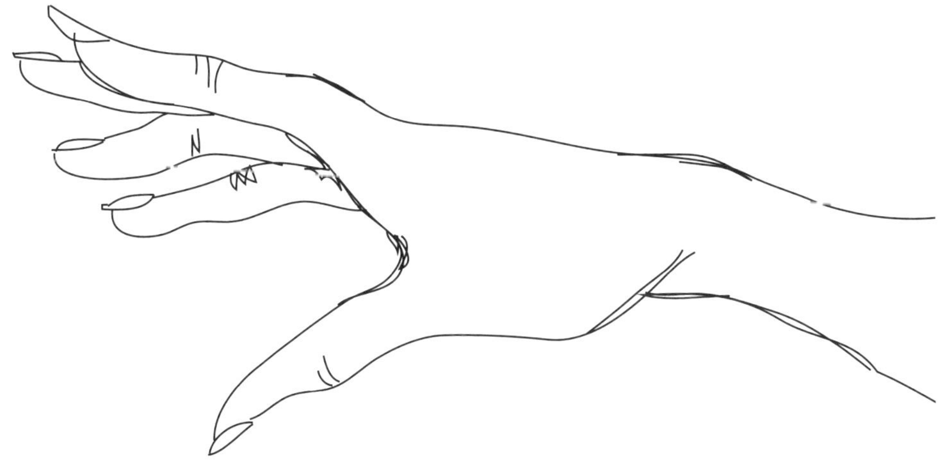

estoy convencida de que lo he superado. tanto que algunas mañanas me despierto con una sonrisa en la cara y mis manos se juntan agradeciendo al universo haberte sacado de mí. gracias a dios que lloro. gracias a dios que te fuiste. no sería el imperio que soy ahora si te hubieras quedado.

pero entonces.

hay algunas noches en las que imagino lo que haría si aparecieras. cómo, si entraras en la habitación en este mismo instante, lanzaría por la ventana más cercana todas las cosas horribles que has hecho y todo el amor resurgiría de nuevo. se derramaría por mis ojos como si nunca se hubiera marchado. como si llevara todo este tiempo practicando cómo estar en silencio para hacer todo este ruido cuando llegaras. puede explicármelo alguien. cómo cuando el amor se va. no se va. cómo cuando te he dejado atrás. vuelvo irremediablemente a ti.

no va a volver
susurró mi cabeza
tiene que hacerlo
sollozó mi corazón

– marchitándome

no quiero que seamos amigos
yo lo quiero todo de ti

– *más*

ve a la página 53 de mi segundo
libro, *el sol y sus flores*
(edición en papel), para la segunda parte
de este poema.

voy perdiendo partes de ti igual que pierdo pestañas
sin saberlo y por todas partes

no puedes irte
y también tenerme
no puedo existir en
dos sitios a la vez

– cuando me preguntas si podemos seguir siendo amigos

soy agua

lo bastante suave
como para ofrecer vida
lo bastante dura
como para ahogarla

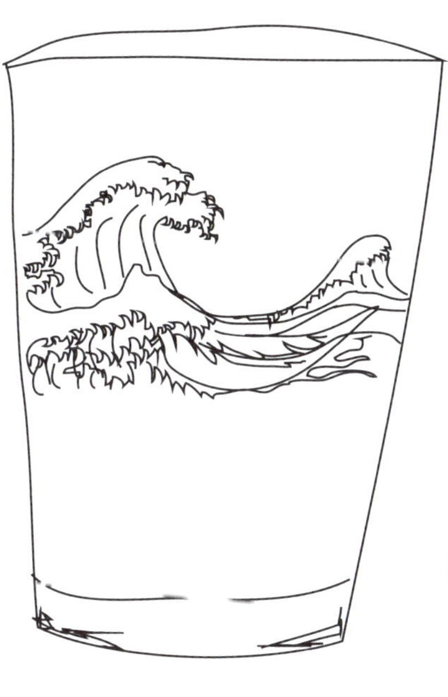

dibujo inspirado
en «La gran ola
de Kanagawa»,
de Hokusai

lo que más echo de menos es cómo me querías. pero lo que no sabía era que tu manera de quererme tenía tanto que ver con la persona que yo era. era un reflejo de todo lo que te di. volviendo a mí. cómo no lo vi. cómo. me quedé sentada asimilando la idea de que nadie me querría nunca igual. cuando fui yo la que te enseñé. cuando fui yo la que te mostré cómo completarme. de la manera que necesitaba. qué cruel por mi parte. darte el mérito de mi cariño solo porque tú lo sentiste. pensar que fuiste tú el que me daba fuerza. humor. belleza. solo porque los reconociste. como si yo no fuera todas esas cosas antes de conocerte. como si no siguiera aquí una vez te fuiste.

cuando era más joven no jugaba.

te fuiste
pero no te vas del todo
por qué lo haces
por qué
abandonas aquello que quieres guardar
por qué te quedas
en un sitio donde no quieres estar
por qué crees que está bien hacer ambas cosas
irte y volver a la vez

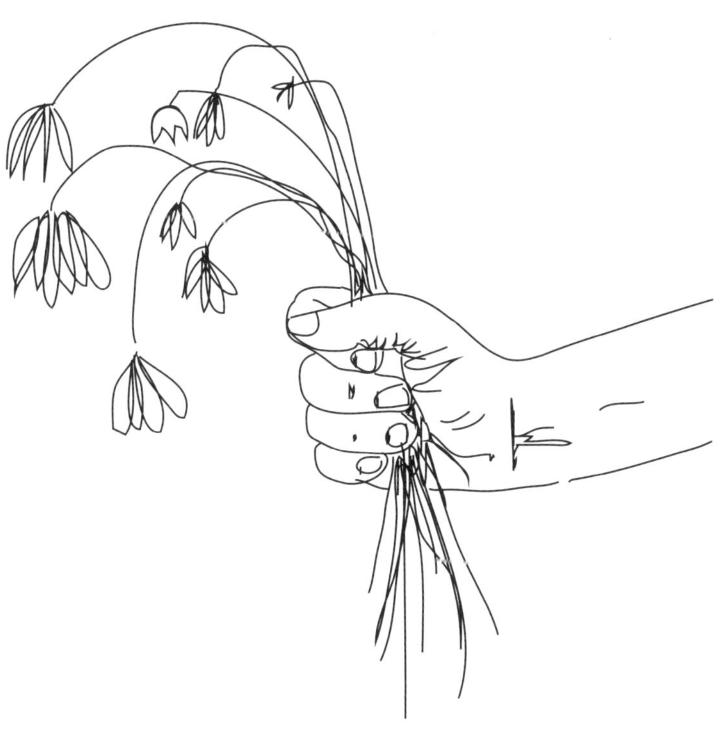

te voy a hablar de las personas egoístas. aunque saben que te van a hacer daño, entran en tu vida para probarte, porque eres el tipo de persona que no quieren dejar pasar. brillas demasiado como para no darse cuenta. así que cuando han echado un vistazo a todo aquello que tienes que ofrecer. cuando se han llevado con ellos tu piel tu pelo tus secretos, cuando se dan cuenta de lo real que es esto. la tormenta que eres y esto les da de frente.

es entonces cuando aparece la cobardía. cuando las personas que pensabas que eran se sustituyen por la tristeza de lo que son en realidad. cuando pierden cada hueso luchador de su cuerpo y se van después de decir *encontrarás a alguien mejor que yo.*

te quedarás ahí desnuda con la mitad de ellos escondida en algún lugar dentro de ti y llorarás. preguntándoles por qué lo hicieron, por qué te obligaron a quererlos cuando no tenían intención de corresponderte y dirán algo como *tenía que intentarlo. tenía que darle una oportunidad. fuiste tú, después de todo.*

pero eso no es romántico. no es dulce. el hecho de que tu existencia los anulara tanto que tuvieran que arriesgarse a romperla solo para no ser los únicos en quedarse fuera. tu existencia no significó nada al lado de la curiosidad que les despertabas.

esto es lo que pasa con las personas egoístas. apuestan
todo un ser. toda un alma para complacerse a sí mismos.
en un segundo te abrazan como si tuvieran el mundo
en su regazo y al siguiente te rebajan a una simple
fotografía. a un momento. a algo del pasado. un segundo.
te engullen y susurran que quieren pasar el resto de su
vida contigo. pero cuando sienten miedo. ya están de
camino a la puerta. sin tener el valor de irse con elegancia.
como si el corazón humano no significara nada para ellos.

y después de todo esto. después de lo que se llevan. del
valor. es triste y gracioso ver cómo la gente tiene más
agallas para desvestirte con las manos que para coger
el teléfono y llamar. disculparse. por la pérdida. y así es
como la pierdes.

– *egoísmo*

escribí este poema de una sentada
en octubre de 2014 porque alguien
me había cabreado de verdad.

p.d.: creé un ejercicio de escritura
sobre este poema en mi cuarto
libro, *palabras para sanar*.

lista de tareas (después de la ruptura):

1. haz de tu cama un refugio.
2. llora, hasta que paren las lágrimas (esto llevará unos días).
3. no escuches canciones lentas.
4. borra su número de la agenda aunque tus dedos se lo sepan de memoria.
5. no mires fotos antiguas.
6. encuentra la heladería más cercana y recétate un helado de dos bolas de menta con pepitas de chocolate. la menta calmará tu corazón. el chocolate te lo mereces.
7. compra sábanas nuevas.
8. junta los regalos, las camisetas y todo lo que huela a él y dónalo a un centro de recogida.
9. organiza un viaje.
10. perfecciona el arte de sonreír y asentir cuando alguien saque su nombre en una conversación.
11. empieza un proyecto nuevo.
12. hagas lo que hagas. no le llames.
13. no supliques a quien no quiere quedarse.
14. deja de llorar en algún momento.
15. permítete sentirte ingenua por creer que podías construir el resto de tu vida en el estómago de otra persona.
16. respira.
17. ponte un vestido sexy.
18. sal a bailar.
19. aprovecha la energía de tu parte protagonista.

la manera
en la que se van
lo dice
todo

la
cura

quizá
no merezco
cosas bonitas
porque estoy pagando
por pecados
que no recuerdo

lo que pasa con la escritura es
que no puedo saber si me está curando
o destrozando

no te molestes en aferrarte a
aquello que no te quiere

– no puedes hacer que se quede

debes tener una relación
contigo misma
antes que con cualquiera

acepta que mereces más
que un amor dañino
la vida sigue
lo más sano
para tu corazón
es seguir con ella

es parte
de la experiencia humana sentir dolor
no tengas miedo
a abrirte a él

– *evolución*

la soledad es una señal de que te necesitas
a ti misma de una manera desesperada

estás acostumbrada
a codepender
de gente
para recuperar aquello
que crees que te falta

quién te ha engañado
para que creas
que otra persona
está hecha para completarte
cuando lo máximo que pueden hacer es complementarte

no busques la cura
en los pies de aquellos
que te rompieron

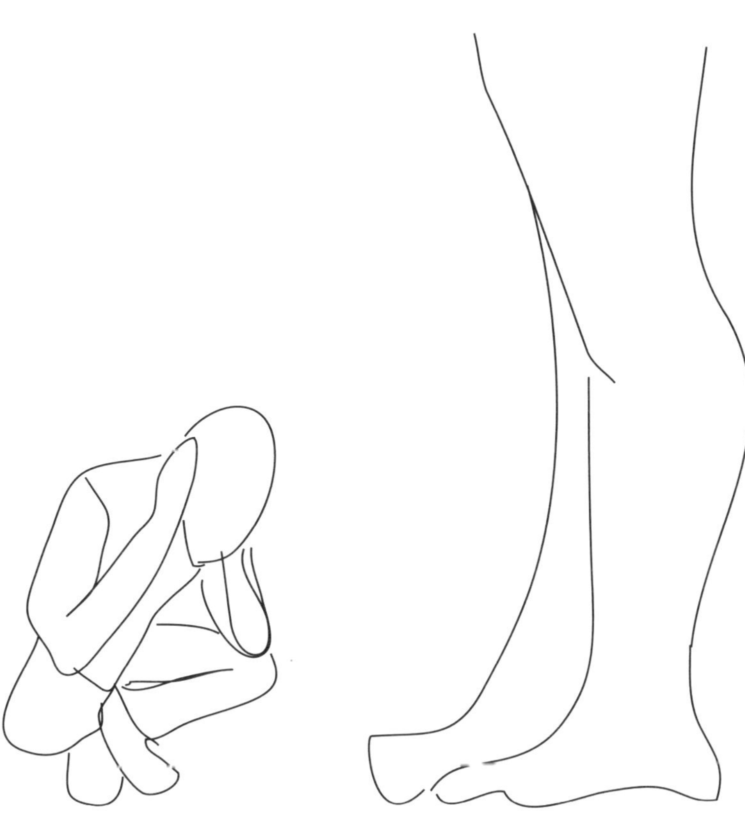

si naciste con
la fragilidad de caer
naciste con
la fuerza de levantarte

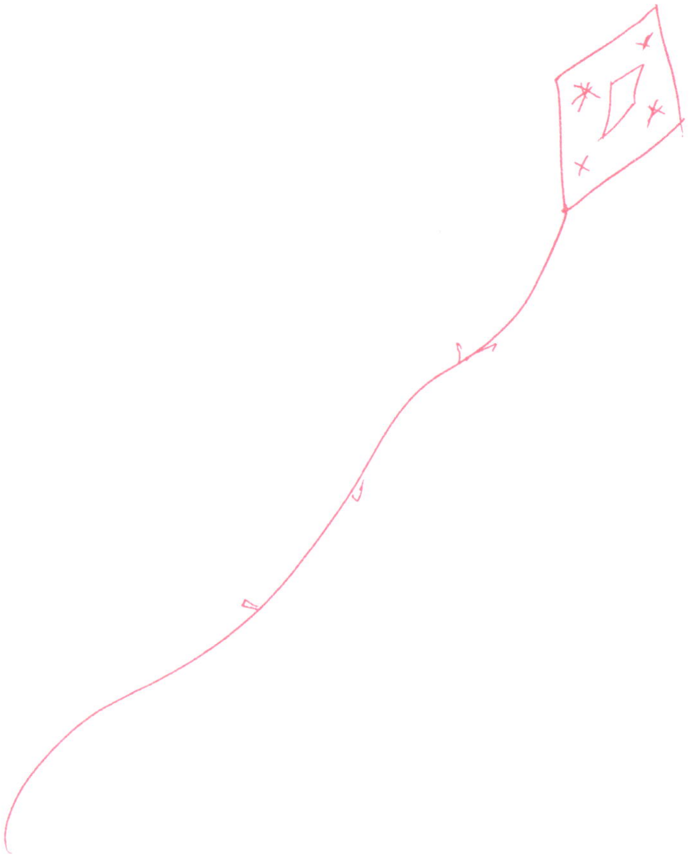

quizá los más tristes
sean aquellos que viven esperando
a alguien que no
saben si existe

– ~~siete mil millones~~ de personas
ocho mil millones

resiste con fuerza tu dolor
planta flores en él
me has ayudado
a que crezcan flores en mí así que
florece con belleza
con peligro
con fuerza
florece con suavidad
aunque lo que necesites
sea solo florecer

– a quien me lee

tienes más poder
del que crees,
eres más fuerte de lo que piensas
y eres absolutamente
imparable. ♡

agradezco al universo
por coger
todo lo que ha cogido
y darme
todo lo que me ha dado

– equilibrio

conlleva elegancia
seguir siendo amable
en situaciones crueles

enamórate
de
tu soledad

hay una diferencia entre
alguien que te dice
que te quiere
y cuando de verdad
te quieren

a veces
la disculpa
nunca llega
cuando se necesita

y cuando llega
ni se quiere
ni se necesita

– *vienes demasiado tarde*

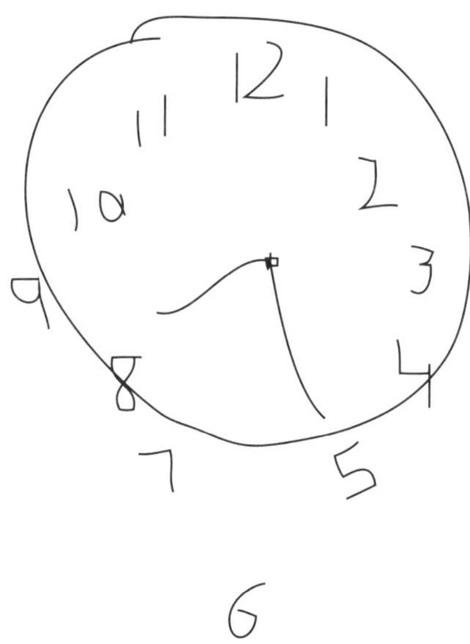

me dices
que no soy como la mayoría de las chicas
y aprendes a besarme con los ojos cerrados
algo sobre la frase —algo sobre
que tengo que ser distinta a las mujeres
que llamo hermanas para que me quieran—
me da ganas de escupirte en la lengua
como si tuviera que estar orgullosa de que me escogieras
como si debiera aliviarme que pienses
que soy mejor que ellas

la próxima vez
que te diga
que te está creciendo
el pelo de las piernas recuérdale
a ese chico que tu cuerpo
no es su casa
es un invitado
avísale de que
nunca vuelva a ir más allá
de su bienvenida

ser
tierna
es
ser
poderosa

la vulnerabilidad es
una fortaleza

mereces que te
encuentren por completo
en tus alrededores
no perderte en ellos

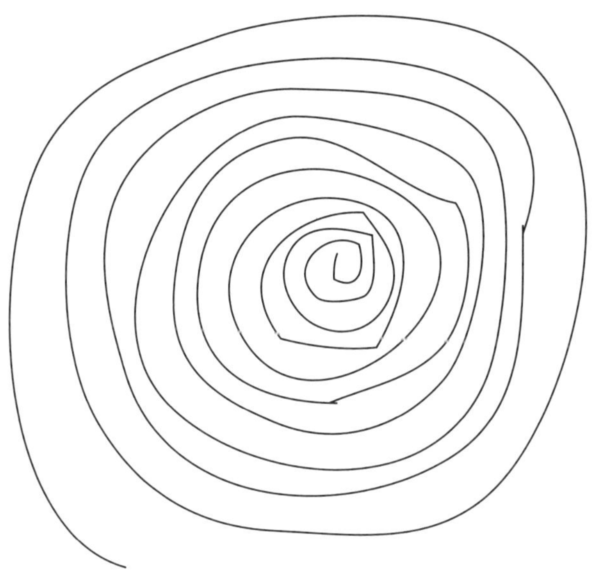

sé que es difícil
créeme
sé cómo se siente
mañana nunca llegará
y hoy será el día
más difícil de superar
pero te juro que lo conseguirás
el dolor pasará
como siempre hace
si le das tiempo y
le dejas así que déjale
irse
despacio
como una promesa rota
déjale irse

me gusta el modo en el que las estrías
de mis muslos me hacen humana y
que somos tiernas pero
duras y salvajes
cuando necesitamos serlo
eso es lo que me encanta de nosotras
lo capaces que somos de sentir
lo poco que tememos rompernos
y mostramos nuestras heridas con elegancia
el simple hecho de ser una mujer
llamándome a mí misma
mujer
me hace sentir totalmente entera
y completa

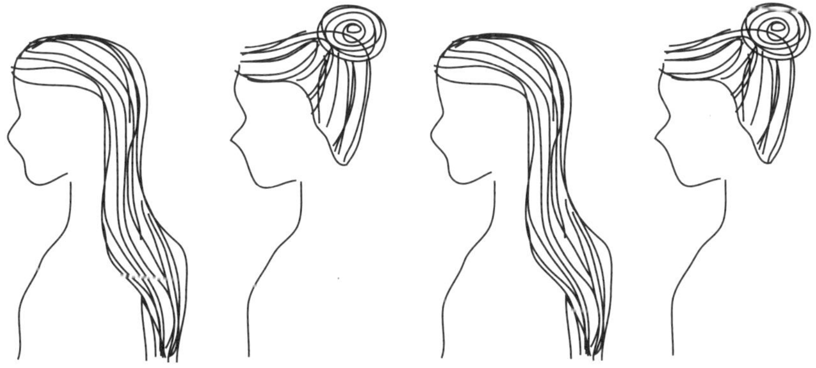

mi problema con lo que se considera bello
es que su concepto de belleza
se centra en excluir a gente
encuentro belleza en el pelo
cuando una mujer lo tiene
como un jardín en su piel
esa es la definición de belleza
narices corvas y grandes
señalando al cielo
como si se levantaran
para la ocasión
piel del color de la tierra
en la que mis antepasados plantaron maíz
para alimentar a un linaje de mujeres con
muslos gruesos como los troncos de los árboles
ojos como almendras
cubiertos de profunda convicción
los ríos del punyab
corriendo a través de mi sangre así que
no me digas que mis mujeres
no son tan preciosas
como las que hay
en tu país !!!

Rupi x Kayray

– 2013, grabando la versión en audio en mi armario (jaja)

Este poema formó parte de nuestra primera colaboración en el corto titulado «kes», dirigido por unas servidoras. Éramos dos artistas jóvenes con ganas de cambiar el mundo. Por aquella época, apenas había representación en medios o en el arte de mujeres del Punyab o sijes, así que creamos nuestro propio espacio. Ha pasado mucho desde entonces. Sé que la Rupi joven está orgullosa. ¡10 años increíbles!

nuestras espaldas
cuentan historias
que ningún libro ha tenido
las agallas
de contar

– mujeres de piel oscura

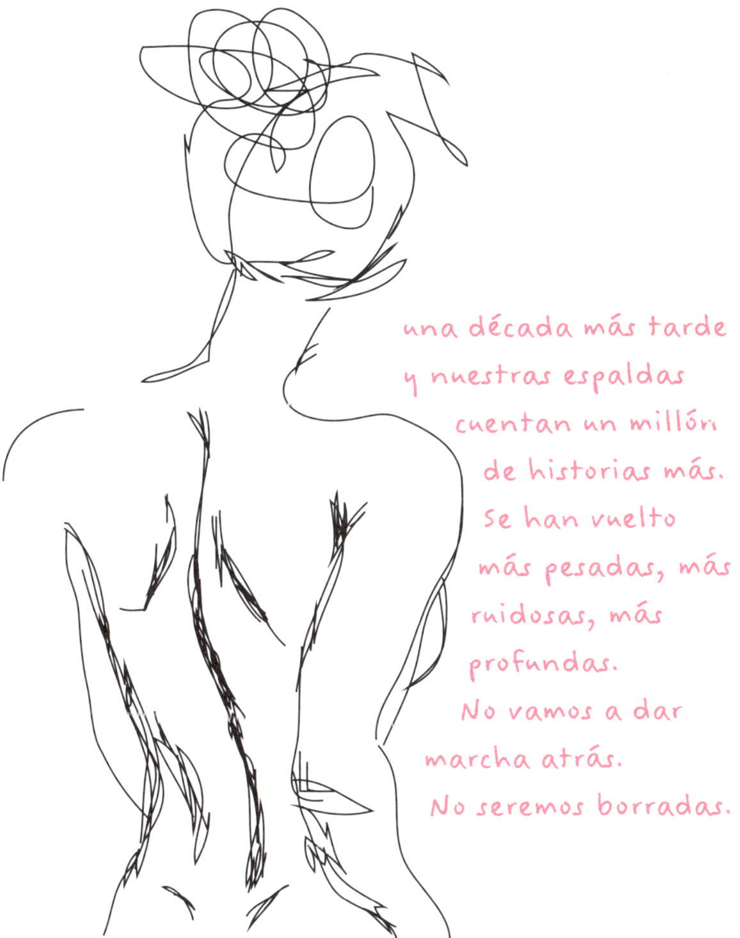

aceptate a ti misma
tal y como fuiste creada

tu cuerpo
es un museo
de desastres naturales
puedes entender
lo espectacular que es eso

perderte
fue el comienzo
de mí misma

los cuerpos de otras mujeres
no son nuestros campos de batalla

quitarte todo el pelo
del cuerpo está bien
si es lo que quieres hacer
igual que dejarte pelo
por todo el cuerpo está bien
si es lo que quieres hacer

– solo te perteneces a ti misma

en apariencia no es elegante por mi parte
mencionar mi regla en público
porque la biología de mi cuerpo
hoy en día es demasiado real

está mejor vender qué hay
entre las piernas de una mujer
que mencionar
su funcionamiento interno

el uso lúdico
de este cuerpo se ve como
algo bonito mientras que
su naturaleza
se ve como algo feo

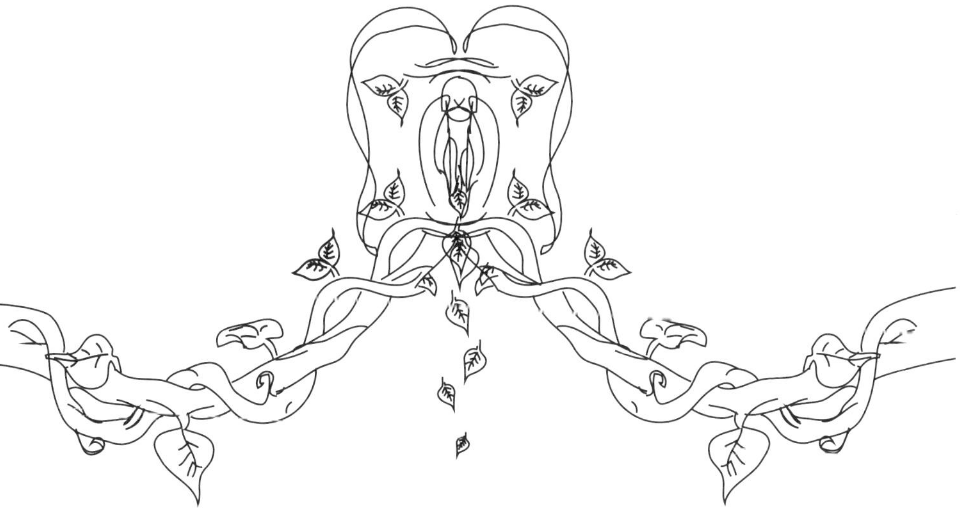

eras un dragón mucho antes
de que llegara y dijera
que podías volar

seguirás siendo un dragón
mucho después de que se vaya

meses antes de escribirlo, este poema empezó a sonar en mi cabeza como una canción en modo *repeat*. No me encantaba, así que no quise escribirlo. Pero el poema era cabezón. En vez de desaparecer, sonó más y más fuerte hasta que no pude más y lo escribí. Esperaba que, una vez estuviera en el papel, me dejara en paz.
Pero cuando lo leí en voz alta, cobró sentido.
Hoy en día es uno de mis poemas más conocidos.
Creo que la lección es: escucha lo que tu voz interior tiene que decir.

quiero disculparme con todas esas mujeres
a las que he llamado guapas
antes de llamarlas inteligentes o valientes
siento que sonará como algo tan simple
como si aquello con lo que has nacido
fuera de lo que tienes que estar más orgullosa cuando tu
espíritu ha aplastado montañas
a partir de ahora diré cosas como
eres fuerte o eres extraordinaria
no porque no piense que eres guapa
sino porque creo que eres mucho más que eso

A la niña pequeña
que hay en mi vientre: serás
elogiada por quien eres,
no por tu apariencia.
- Jasmeet

tengo
lo que tengo
y soy feliz

he perdido
lo que he perdido
y sigo
siendo
feliz

– *perspectiva*

me miras y sollozas
todo duele

te abrazo y susurro
pero todo puede curarse

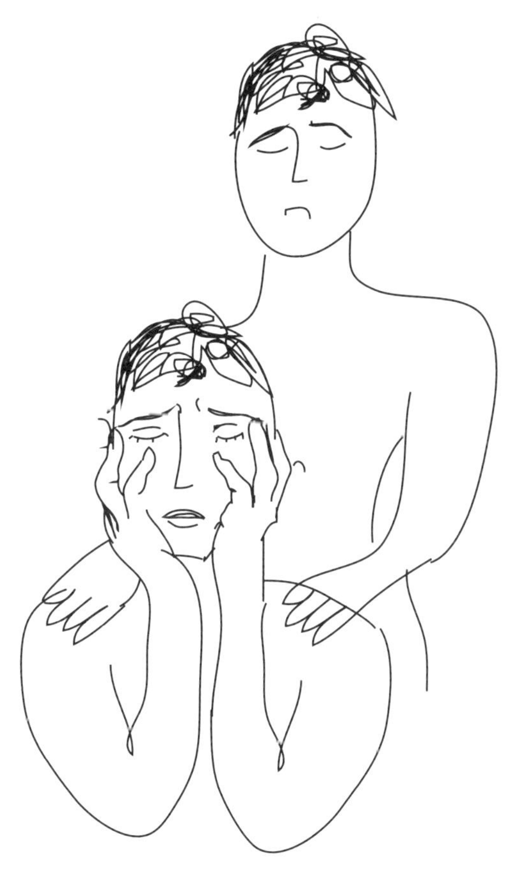

si el dolor llega
también lo hará la felicidad

– sé paciente

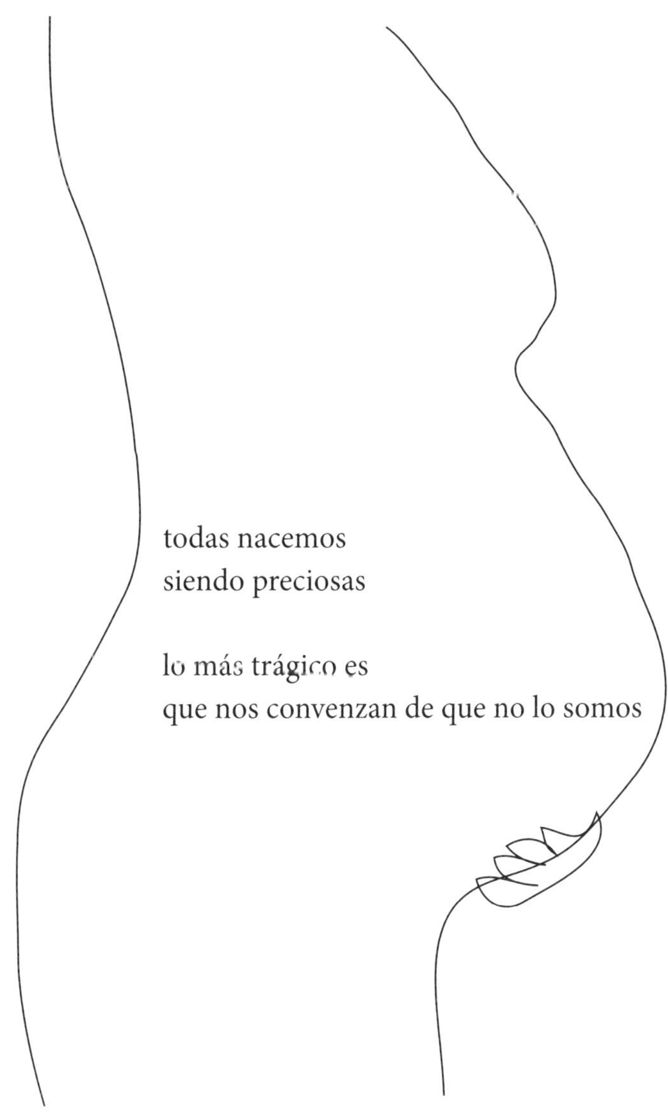

todas nacemos
siendo preciosas

lo más trágico es
que nos convenzan de que no lo somos

el nombre kaur
me convierte en una mujer libre
elimina las cadenas que
intentan atarme
me eleva
para recordarme que soy igual
que cualquier hombre aunque el estado
de este mundo me grite que no lo soy
que soy mi propia mujer y
que pertenezco por completo a mí misma
y al universo
me pone en mi lugar
me grita y dice que tengo
un deber universal que compartir
con la humanidad para alimentar
y servir a mis hermanas
para levantar a aquellas que necesitan que las levanten
el nombre kaur corre por mi sangre
estaba en mí antes de que el mundo existiera
es mi identidad y mi liberación

– kaur
una mujer de sij

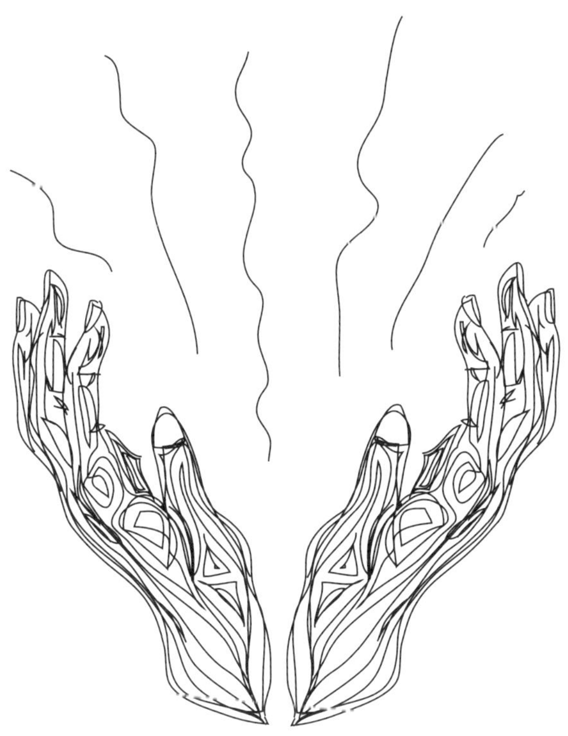

el mundo
te hace
tanto daño
y aquí estás
extrayendo oro de él

– no hay nada más puro que eso

cómo te quieres a ti misma es
la manera en la que enseñas a otros
a quererte

mi corazón desea hermanas más que cualquier cosa
desea mujeres que ayudan a las mujeres
como las flores desean la primavera

la diosa que hay entre tus piernas
hace las bocas agua

eres
tu propia
alma gemela

algunas personas
están tan amargadas

con ellas
debes ser más amable

todas seguimos adelante cuando
admitimos lo fuertes
e impresionantes que son las mujeres
de nuestro alrededor

que veas belleza aquí
no quiere decir
que haya belleza en mí
quiere decir que hay belleza arraigada
tan dentro de ti
que no puedes evitar
verla en todas partes

el pelo
si no tuviera que estar ahí
para empezar
no crecería en nuestros cuerpos

– estamos en guerra con aquello que llega a nosotras
de manera natural

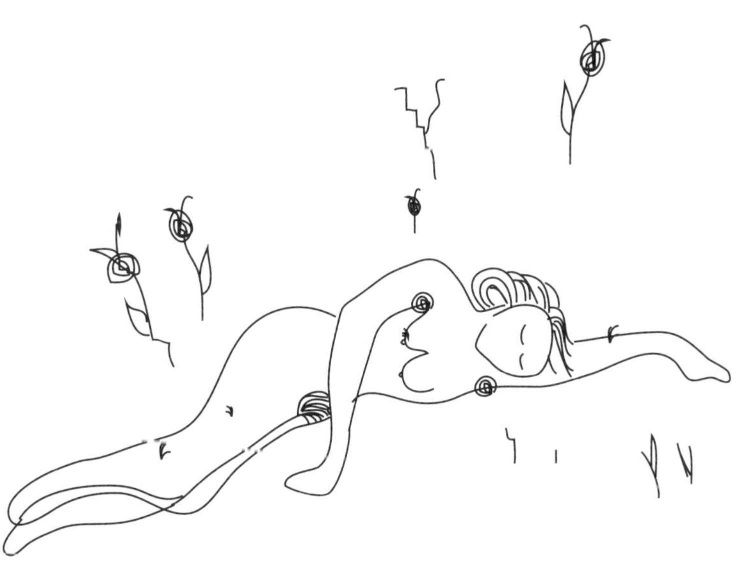

ante todo ama
como si fuera lo único que sabes hacer
al final del día todo esto
no significa nada
esta página
dónde estás sentada
tu carrera
tu trabajo
el dinero
nada importa
excepto el amor y la conexión humana
a quiénes amaste
y lo mucho que lo hiciste
cómo tocaste a la gente de tu alrededor
y cuánto les diste

quiero quedarme
arraigada a la tierra
estas lágrimas
estas manos
estos pies
hundirme

– en tierra

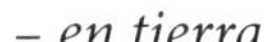

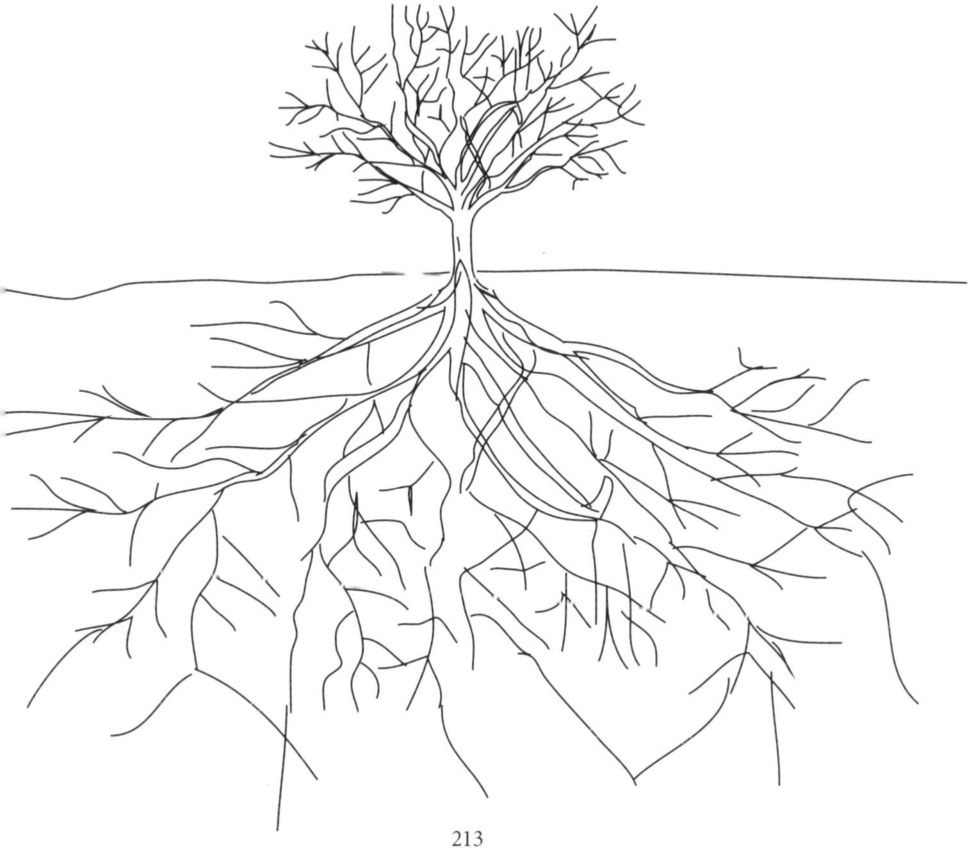

tienes que dejar
de buscar un porqué en algún momento
tienes que olvidarlo

si no eres suficiente para ti misma
nunca serás suficiente
para otra persona

debes
querer pasar
el resto de tu vida
contigo
primero

por supuesto quiero triunfar
pero no deseo el éxito para mí
necesito triunfar para ganar
suficiente leche y miel
para ayudar a triunfar a los
que están a mi lado

mi corazón se acelera
al pensar en el nacimiento de los poemas
por eso nunca dejaré
de abrirme para concebirlos
hacer el amor
con las palabras
es tan erótico
estoy enamorada
o adicta
a la escritura
o ambas cosas

lo que más me asusta es cómo echamos
espuma por la boca cuando envidiamos
el éxito de los otros
pero suspiramos aliviados
cuando caen

está demostrado que
nuestra lucha para
celebrarnos es lo más difícil
de ser humano

tu arte
no consiste en la cantidad de gente
a la que le gusta tu trabajo
tu arte
consiste
en si a tu corazón le gusta tu trabajo
si a tu alma le gusta tu trabajo
consiste en lo sincera
que eres contigo misma
y
nunca debes
cambiar la honestidad
por el reconocimiento

– a cualquier poeta joven

da a aquellos
que no tienen nada
que darte a ti

– seva (servicio altruista)

me abres
de la manera más sincera
que se puede
abrir un alma
y me obligas a escribir
en un momento en el que estaba segura
de que no podría volver a escribir

– *gracias*

el recuerdo

Cuando empecé a organizar
esta edición por el aniversario, volví a leer
mi diario de hace diez años. Leí poemas
que no formaron parte del libro y pensé:
«¿Por qué no los incluí?». Me inspiraron
para escribir nuevos poemas. Quería incluir
esos, antiguos y nuevos, en «el recuerdo»,
un nuevo capítulo que explora las emociones
que me recuerdan a mi yo más joven.
Este capítulo aborda los desafíos
a los que me he enfrentado desde *otras*
maneras de usar la boca y celebra
mi evolución de los últimos diez años.

y ahí estaba, sentada en el sofá de otra terapeuta
repasando los detalles de mi vida como si
estuviera recitando la lista de la compra

estás hablando de una agresión dijo
pero lo haces como si fuera algo normal

le respondí *la repetición lo convierte todo en algo mecánico*
he estado sentada aquí muchas veces
les he contado a una docena de médicos estas historias
no creo que tenga que hacerlo de nuevo
he escrito muchos libros sobre eso
lo he representado en escenarios de todo el mundo
he derribado y construido
cada parte de mi vida
y aun así sigo despertándome en mitad de la noche

pensaba que tú, entre toda la gente,
entenderías
por qué terminé con un agresor
acaso no lo recuerdas
allanar el camino
y mostrar la dirección

– *padre*

siempre me enamoro del que me va a hacer daño.
siempre anhelo esa locura en el amor. donde me ahogo
con tanta pasión y me convenzo a mí misma de que mi alma gemela
me tiene en la palma de la mano. me gusta sentir que soy una llama.
deslizar la pistola en su mano y apuntar a mi cabeza. confundir caminar
sobre arenas movedizas por emoción. pensar que ese estado intermitente
es amor. sentirme tan querida. tan codiciada.
tan hambrienta. sentirme tan lamida. tan ansiosa.
y ensuciada por el amor de mi vida. que su mano me
unte. ver a mi corazón salir de mi cuerpo y
rendirse al suyo.

– tóxico

comprimimos una vida de amor
en seis meses
imagina mi cuerpo cargando con todo eso
tardé años en levantarme del suelo

querías salvarlo
pero acaso parecía
que se estuviera ahogando

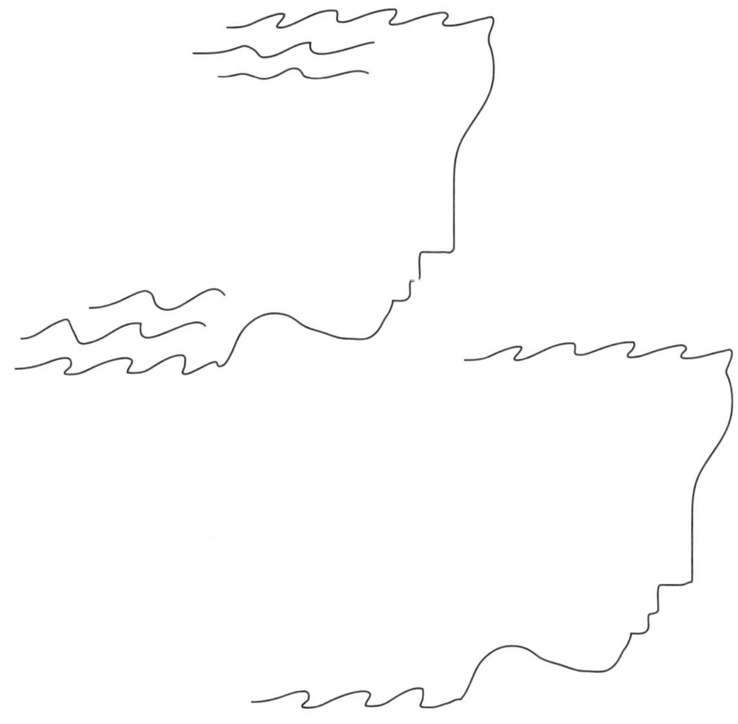

para
ti
aún queda
mucha
poesía
dentro
de
mí

te obsesionaba la pasión
y ahí estaba yo
la explosión
el monstruo
la ciudad en llamas
qué mujer podía hacerte sentir
más vivo que yo

cuando te pedí que volvieras
y te quedaste quieto

– *la respuesta*

esta mañana me desperté y el corazón me goteaba
lleno de gratitud por el día que me echaste
cuando me dejaste a un lado del camino
y seguí persiguiendo el mundo
puedes creer que lo atrapé
cómo lo sostuve en la palma de mi mano
y dejé que me cantara
cómo me convertí en la persona más viva
más ardiente
cuando me sumí en el dolor
me hice más grande
dime
te has enterado

me voy porque aquí no soy feliz
la vida no nos da otra oportunidad
y no quiero llegar al final de la mía
dudando todavía del hombre
con el que llevo desde los veinte años

este cuerpo fue diseñado para sentir y tocar. cómo
puedo avergonzarme del sexo. si fui hecha para eso. orgasmo.
tras orgasmo. con quien sea. como sea. cuando sea.
lo elijo.

no tengo energía para los hombres
que siguen utilizando las palabras
mujeres y *locas*
en la misma frase

quién iba a saber que mi vida sería
tan divisoria. tan poderosa. tan confrontadora.
vendrían de todo el mundo
para verme. para ser testigo. para levantar la mirada
con asombro y formarse una opinión al contemplar el milagro en mí

– juicio de valor

a veces se necesita una crisis para recordar
que nuestras vidas dependen las unas de las otras
no llegaremos a ningún lugar
si intentamos ir solos

cuando conocí el sufrimiento
mi corazón dobló su tamaño
e hizo un hueco a todos aquellos
que también habían sufrido

– *empatía*

durante generaciones las mujeres de nuestra familia
han ofrecido todos sus miembros a quienes las rodean
les dimos la columna vertebral a nuestros padres
hímenes a nuestros maridos
tendón tras tendón a nuestros hijos
como si cada una de nuestras partes estuviera diseñada para
serle útil a otra persona
a veces me siento y fantaseo con la idea
de tener una vida propia
cómo sería
pertenecerme a mí misma desde el principio
me pregunto hasta dónde llega en nuestro linaje
esta tradición de mujeres que hacen
del sacrificio un arte

tiendo a olvidar quién soy
cuando estoy constantemente rodeada de gente

necesito estar sola para verme con claridad

no existe nadie en este mundo
que haya tratado de arrastrarme a la muerte
y haya sobrevivido en el intento

de algún modo los años pasaron
y antes de darme cuenta
la barba de mi padre tenía canas
la piel de mi madre se había marchitado
y la mitad de mi vida había terminado

– tiempo

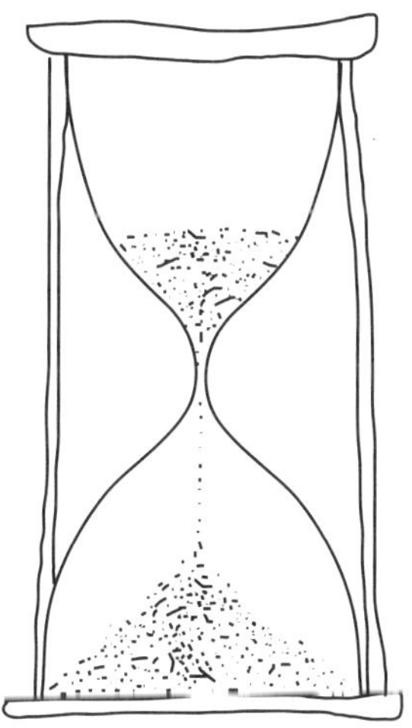

todo el mundo tiene su verdad
su propia percepción
de lo que ocurre
la mirada a través de la cual
ve el mundo
y después
está la verdad
que pertenece a la realidad
la verdad eterna
e imparcial
que no elige ningún bando
la que no podemos ver
porque estamos cegados
por nuestra propia versión de la historia

no me odian por lo que soy
odian que mi brillo
arroje luz sobre sus grietas
y no puedan soportar mirarse a sí mismos

– *espejo*

algunos días
la fuerza brilla
por su ausencia

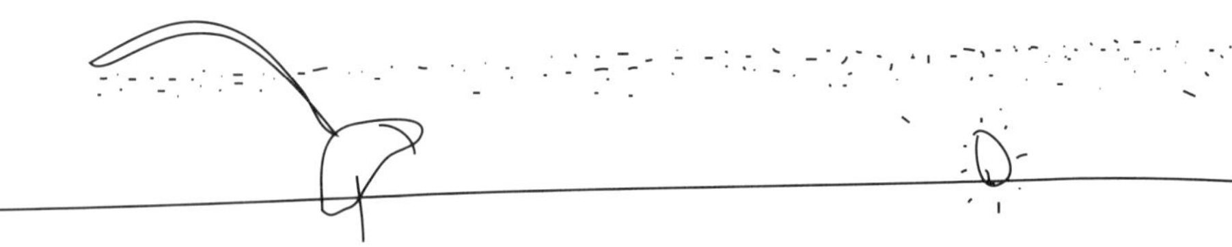

hay épocas en las que brillamos
resplandecemos durante ciertos meses
después hay épocas
en las que el frío nos tira al suelo
y nos preguntamos
por qué la vida duele tanto
hay que ser sabio para deprimirse
hay que ser valiente para descomponerse
para marchitarse
para gritar todo nuestro color
después
cuando hayamos llegado
al fin de nuestro fin
una vez que el pasado desaparezca
la tierra nos levantará
poco a poco
la tierra nos alimentará
hasta que nuestra columna vertebral se haga grande
y como la primavera anterior
nos levantaremos
con las caras llenas de color
los corazones llenos de alegría
nos mantendremos firmes
nos sumergiremos rápidamente en el calor del verano
y olvidaremos que el invierno existió

nada es el final
todo esto no ha hecho más que comenzar
nada está perdido
todo está por descubrir

– en este universo infinito

claro que hay dolor
un dolor despiadado que intenta
desangrarme hasta la muerte
hay dolor en lo que he perdido
por ser tan tonta como para pensar
que todo me pertenece a mí primero
no sé a dónde voy
casi siempre soy una extraña
me da miedo que el mundo siga sin mí
los años van pasando
y después
está el amor
años de bondad que llegan sin previo aviso
momentos en los que me siento profundamente
comprendida
madrugadas bailando con amigos
riéndonos como si la risa
dejara pasar la alegría
y pienso
que esto es la vida
esto está bien
estoy donde debo estar
bailando al ritmo de esta vida mágica

– pertenencia

y si te sientes perdida
vuelve a tu historia
nadie puede quitarte
lo que has vivido

– *camino*

cambiar a los demás
no es mi responsabilidad
soy el único proyecto
en el que necesito trabajar

ser perfecta
o vivir

– no puedes elegir ambas

al final descubrí que el universo
con el que deseaba conectarme
vivía dentro de mí
no había necesidad
de buscar en otro lugar
las respuestas
mientras siguiera viva

puedo elegir salir del mal humor

– tengo ese poder

la receta es fácil
sueña en grande
y cuando creas
que el sueño es lo suficientemente grande
triplica su tamaño
cuando hayas visualizado
el peso que eres capaz de llevar
estíralo más allá de los límites de tu mente
hasta que lo visualices en el futuro
sumérgete en lo que es posible
después vuelve
y ponte a trabajar

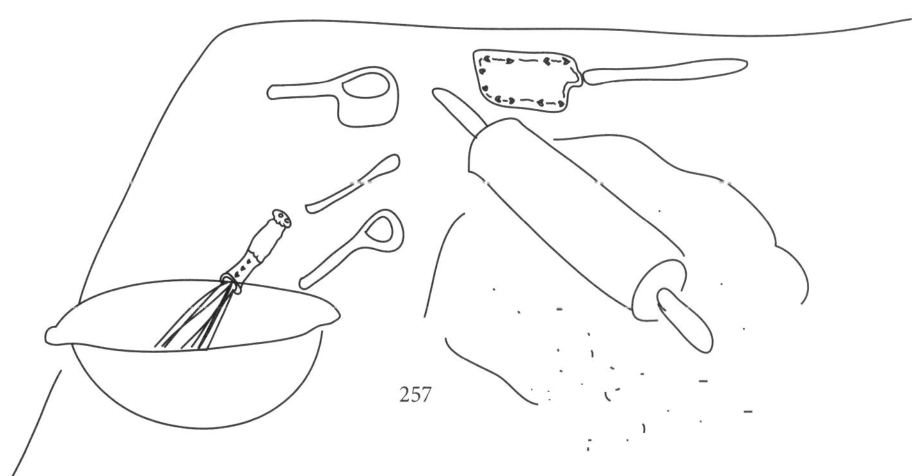

las mujeres de mi vida
me hicieron crecer aún más
cuando no confiaba
en mirarme a los ojos
vieron mi mejor versión
y me ayudaron a verla a mí también

– *amigas*

en el momento en el que descubra quién soy
ya estaré adentrándome
en la siguiente versión de mí misma

– ser humana es cambiarse de ropa constantemente

y si esto es el paraíso
y hemos estado perdiendo el tiempo
pensando que el cielo está en otro lugar
y si esto es la salvación
quién sabe si tendremos la oportunidad
de volver aquí de nuevo

– *vivir*

el sol plantó un pedazo de sí mismo
en mi piel y dijo
muéstrales lo que la luz puede hacer

– recipiente

en los días en los que quiero abandonar
recuerdo que soy la hija
de una comunidad que continúa
yendo hacia delante
incluso cuando lo único
que queda frente a nosotros es el final
corremos felices hacia los brazos de la muerte
si eso nos acerca un paso más a la libertad

– resiliencia sij

ser parte de una comunidad
es la única medicina
que he encontrado para reducir
el dolor de estar viva

– conexión

las luces están por fin encendidas
puedo ver la belleza de mi vida con claridad
cosas que nunca vi
y ahora me llenan de lágrimas

– *conciencia*

la alegría
te queda bien
el sol está saliendo de tu cara

tú
queriéndote a ti misma
eres la revolución

la felicidad
soy yo corriendo
de vuelta a mis brazos
al darme cuenta
de que todo está aquí

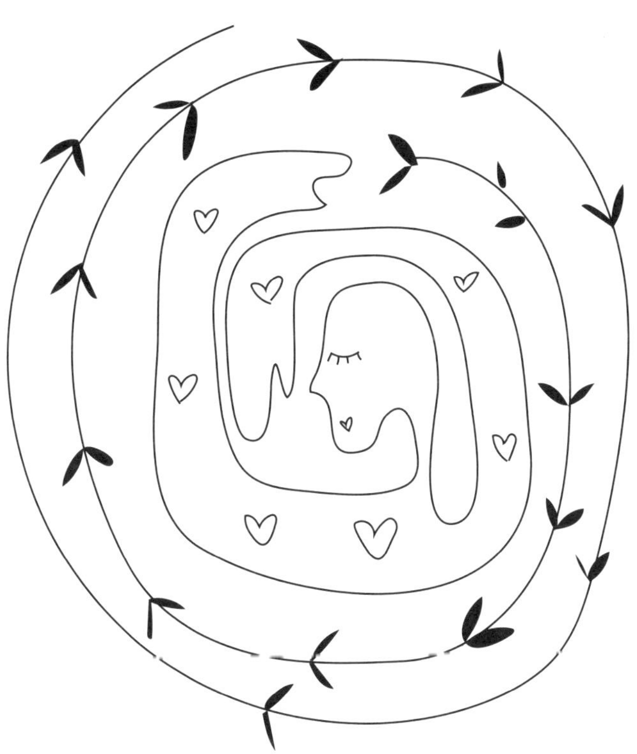

has llegado hasta el final. con mi corazón en tus manos. gracias. por llegar a salvo hasta aquí. por tu ternura con mi parte más delicada. siéntate. respira. debes de estar cansado. déjame besarte las manos. los ojos. seguro que tienen ganas de algo dulce. te voy a mandar todo mi azúcar. no estaría en ningún sitio ni sería nada si no fuera por ti. me has ayudado a convertirme en la mujer que quería. pero que me daba demasiado miedo ser. te haces una idea de lo milagroso que eres. lo bonito que ha sido. y lo bonito que será. me arrodillo ante ti dándote las gracias. les mando a tus ojos todo mi amor. que siempre vean la bondad en la gente. que siempre seas amable. que siempre veamos al otro como uno. que no nos quedemos cortos amando todo lo que el universo tiene que ofrecernos. que siempre nos mantengamos con los pies en la tierra. arraigados. los pies plantados con firmeza en el mundo.

– una carta de amor de mí para ti

el viaje

Muchas veces me preguntan qué llega antes: los dibujos o los poemas. Aunque los poemas siempre sean los primeros, los dibujos les siguen de manera orgánica. Empecé a dibujar cuando tenía cinco años, después de que un vecino anciano punyabí me introdujera en las artes y me empoderara con los medios para expresarme. Desde entonces, mi arte ha seguido evolucionando: desde bocetos al carboncillo hasta pintura con acrílicos y experimentación con técnicas mixtas. En el instituto me salió solo incluir palabras en mis dibujos. Sentía que las imágenes se volvían más poderosas con las palabras y viceversa.

El primer boceto que hice para el poema de la página 165

Algunas de mis primeras exploraciones visuales y poéticas desde el 2009 hasta el 2013.

Escribí el poema de arriba en 2013.
En esa época estaba probando distintas maneras de mostrar mi poesía. Este poema se incluyó en la página 131 de *otras maneras de usar la boca* (edición en papel).

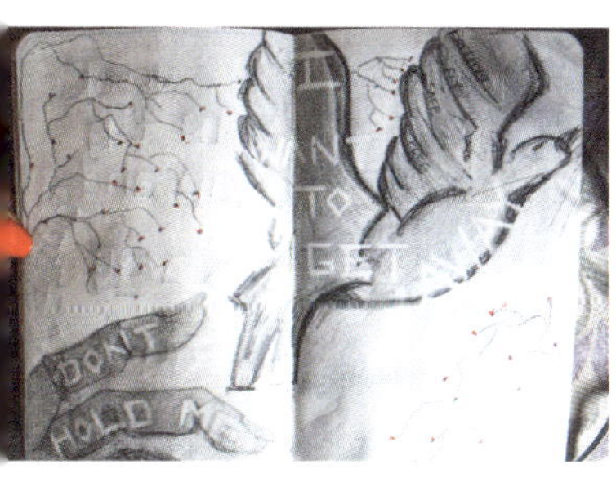

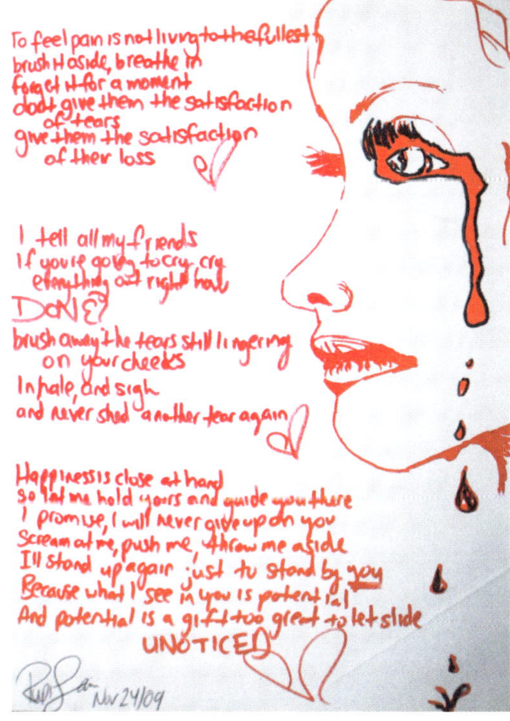

En 2010, me apunté a the Sikh Activist network, un grupo de jóvenes sikh de primera generación que organizaban reuniones para poner de relieve los problemas que afectan a nuestra comunidad. Este grupo cambió mi vida al darme el espacio para empezar mi viaje como artista.

Por aquel entonces, también compartía mi poesía en tumblr. Pero no fue hasta que me enamoré de recitar en un escenario que empecé a concentrar mi energía en la escritura. En 2011 descubrí una comunidad creciente de poetas en tumblr y un público hambriento de los temas que ya estaba tratando en el escenario, como el feminismo, el trauma, el amor, el abuso y la curación.

instasugar
youtube
tweet me
poetry
ASK
VISUALS
YOU VOICES
MUSIC TO WRITE TO
ELSEWHERE
THEME

"you threw me
onto the ground
in front of you
pushed down
with your foot
and demanded
i stand up"

rupi kaur

"i do not know why i split
myself open for others
while knowing sewing
myself up hurts this
much afterwards"

rupi kaur

Me encantaba conectar con gente en tumblr, pero me di cuenta de que los mismos poemas largos que emocionaban al público y le hacían llorar cuando los recitaba en directo no estaban teniendo el mismo impacto en internet. Así que empecé a experimentar con diferentes formatos. Filmé vídeos musicales, grabé archivos de audio e intenté hacer diferentes diseños para mostrar mi poesía. Aunque estaba todo por venir, sabía que no había dado en el clavo.

you trace the bruises on your ribs
with nervous fingers
before he swings
at your startling face

you will pour every bottle
down the drain
he will beat you
'til there is enough blood
spilling from your split lip
to intoxicate him

he has to stop himself
you cannot teach him

don't pretend like hell learn how
just because you scream *stop*
so loud when he is
kicking you in the stomach

you are not a rehab clinic for addicts
your body is not a prison

este fue el primer poema que subí a instagram (17 de noviembre de 2013).

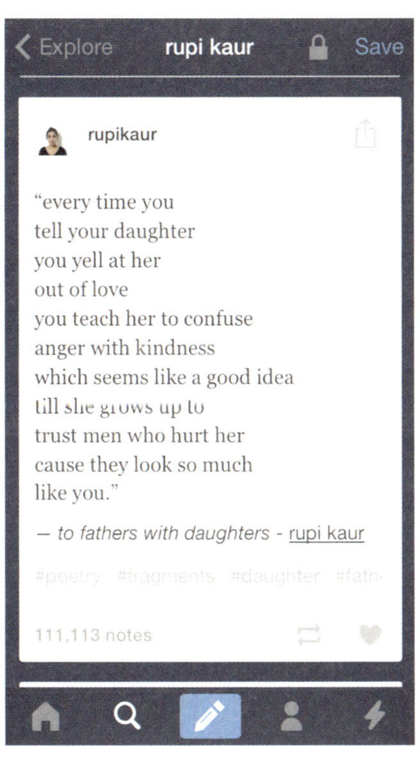

Decidí añadir dibujos, ya que las artes plásticas fueron mi primer amor. El nuevo formato era un poema dentro de un cuadrado blanco, en tipografía *times new roman*, en la parte superior izquierda con el dibujo en la parte inferior derecha. Acababa de abrir mi cuenta de instagram, así que empecé a publicar mi poesía en este nuevo formato.

Este es el salón que compartí con mis mejores amigas durante la universidad. Aquí escribí muchísimo y organicé todos los poemas para dividirlos en capítulos diferentes del libro.

Fueron mis lectores quienes plantaron la semilla de *otras maneras de usar la boca*. No dejaban de preguntar dónde podían comprar mi libro (por aquel entonces, no había publicado nada), así que pensé: ¿por qué no publicar? Le pregunté cómo hacerlo a mi profesor de escritura creativa, pero me dijo que las posibilidades que tenía de que me publicaran eran de cero a ninguna. Después de que innumerables revistas literarias me rechazaran, me di cuenta de que mis lectores ni siquiera tenían acceso a esas publicaciones, así que decidí autopublicar para llegar directamente a ellos.

Escribí el libro en Waterloo, Ontario, donde viví durante la universidad, y en la casa de mis padres en Brampton, Ontario. Escribía en cualquier ocasión que surgía entre clases, antes de ir a fiestas los viernes por la noche, en autobuses. Me daba igual dónde estaba: no podía parar. El proceso era eléctrico. Cuando el libro salió por fin, sentí una ola de alivio. Una liberación. Era físico. Un dolor agudo me atravesó ambos lados de la cabeza. La presión se disipó. Me eché a llorar en los brazos de mi mejor amiga.

Brampton, Ontario, 2011
Cuando empecé a tomarme la poesía más en serio y comencé a emplear menos mi tiempo en las artes plásticas y más en la escritura y recitado.

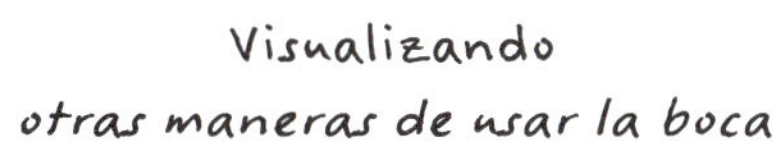

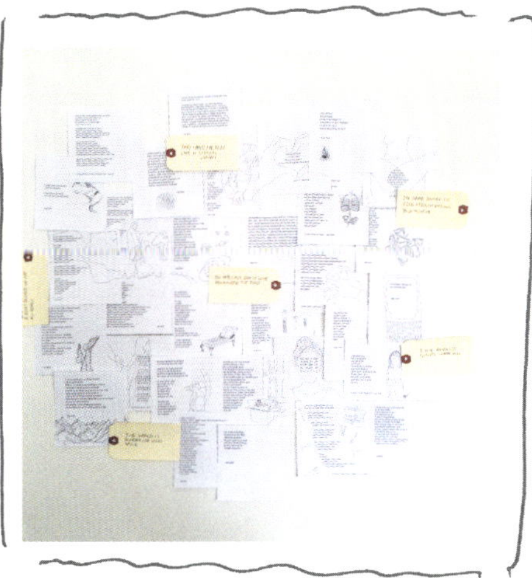

Algunos ejemplos de escritura desde el 2013.

Brampton, 2014

milk and
honey
- rupi kaur

REVELANDO LA PORTADA DE OTRAS MANERAS DE USAR LA BOCA CUANDO LO AUTOPUBLIQUÉ

Para anunciar el nombre y la portada del libro, hice estas fotografías promocionales con mi hermana, Prabh. Para la dirección de arte, reflexioné sobre la esencia del libro. Era crudo e íntimo. Me di cuenta de que muchas de las emociones que había vertido en los poemas las había experimentado y procesado entre las cuatro paredes de mi habitación. La cama se convirtió en un telón de fondo perfecto. Hicimos las fotos con mi iPhone 5.

P.D.: Mis padres ni siquiera sabían que había escrito un libro hasta que salió publicado y les di un ejemplar mientras desayunaban un día por la mañana.

Autopubliqué mi libro el 13 de noviembre de 2014 y para ello organicé una presentación con mis amigos en enero de 2015.

Foto de Navdeep Saini

Foto de Navdeep Saini

Cuando el libro se publicó, mi amiga Kiran Rai me insistió en la idea de hacer una fiesta de presentación. Soy una persona genuinamente introvertida, así que estaba muy nerviosa, pero invité a todos mis amigos a Brampton para que lo celebrásemos juntos. Baljit Singh hizo una exposición fotográfica inspirada en el libro. Manvir Rai tocó la guitarra mientras Selena Dhillon cantaba. Keerat Kaur nos dejó boquiabiertos con su voz. Kiran actuó y yo leí mis poemas.

Foto de Navdeep Saini

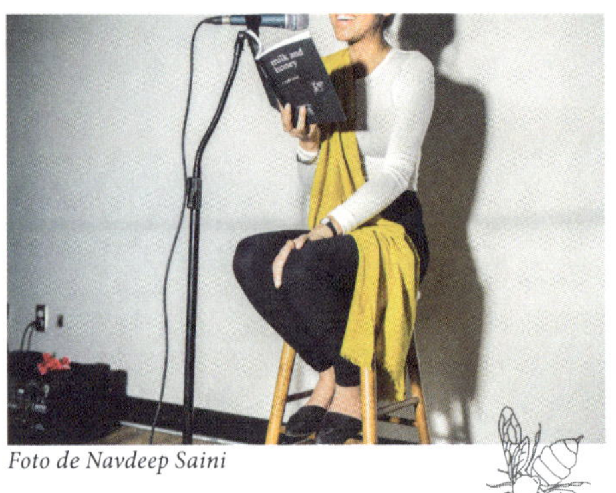

Foto de Navdeep Saini

Foto de Navdeep Saini

La noche previa a la publicación, mi hermana y mis hermanos pequeños prepararon fresas bañadas en chocolate. En mitad de los preparativos recibí una llamada de mi equipo de organización comunitaria. Me dijeron que les preocupaba que no hubiera organizado comercialmente bien el lanzamiento y que no apareciera casi nadie. Evidentemente, entré en pánico. Cuando empezó el evento, me escondí en el fondo de la sala hasta que alguien llegó y me sacó fuera. Resulta que los chicos se habían equivocado. La gente superaba el aforo e hicimos dos espectáculos y dos conciertos.

Foto de Navdeep Saini

10 de enero de 2015

Nunca me he sentido tan conectada con el público como anoche. Nunca me he sentido tan afortunada de estar viva y compartirlo con vosotros. Pensaba que estaria nerviosa. Pensaba que no iba a ir nadie, pero las puertas se abrieron y aparecisteis. Me sentí tan a gusto estando tan cerca. Fue como volver a mí después de años estando lejos. Os invité a mi mundo y nos sentimos todos en casa. Fue muy fácil amar a un público tan dispuesto a amar. Compartimos todo, desde risas hasta lágrimas. Tuve la oportunidad de hablar con algunos de vosotros. Con otros, solo pude compartir una mirada. A todos los desconocidos que os habéis convertido en parte de la familia: bienvenidos. A todos mis amigos, hermanas y hermanos, gracias por estar siempre ahí. Mis poemas son vuestros y vosotros sois mis poemas. Gracias por abrazar mi voz y escucharme hablar.

\- rupi

lanzamiento oficial de *otras maneras de usar la boca*

En un curso de retórica visual que hice en 2015 me pidieron que realizara una obra visual que combatiera un tabú social. Nunca he entendido por qué hay tanto estigma alrededor de la regla, así que hice una serie de fotos que ayudaran a normalizarla. Hice esta foto y la subí a instagram, donde la censuraron dos veces. La historia de la censura de Instagram se hizo viral y, de pronto, la conversación fue global. La imagen dividía a la gente muy a favor y muy en contra. Me enviaron amenazas de violación y de muerte. Por suerte, aprobé la tarea, pero estar tan expuesta por haberme hecho viral me dio una ansiedad que sigue conmigo.

Foto de Naomi Wood

Foto de Naomi Wood

Después de que la foto de la regla se hiciera viral, las ventas de *otras maneras de usar la boca* se dispararon, llevándome a la lista de los más vendidos, lo que llamó la atención de una editora. Me llegó un correo electrónico de la editorial Andrews McMeel en abril de 2015 diciendo que querían publicar el libro. ¡Chillé! Firmé con ellos y la edición nueva salió en el otoño de 2015. Hice estas fotos para promocionarlo.

Foto de Nabil Shash

La edición en tapa dura salió en 2018.

Foto de Naomi Wood

home
body

Si no fuera por mi familia y por mis amigos, no estaría aquí hoy. Mis padres se sacrificaron mucho para que pudiera tener el privilegio de estar viva. Mis hermanos son mi tierra. Mis amigos son mi medicina. Vieron esta versión de mí antes de que yo pudiera hacerlo. El equipo de Rupi Kaur Inc. ha hecho mis sueños realidad. Les estoy muy agradecida.

♡ ♡ ♡ ♡

The New York Times

Best Sellers Print Paperb

January 10, 2021

THIS WEEK	Paperback Trade Fiction	WEEKS ON LIST
1	**HOME BODY,** by Rupi Kaur. (Andrews McMeel) Poems and illustrations by the author of "Milk and Honey" and "The Sun and Her Flowers."	6
2	**THEN SHE WAS GONE,** by Lisa Jewell. (Atria) Ten years after her daughter disappears, a woman tries to get her life in order but remains haunted by unanswered questions.	76
3	**MILK AND HONEY,** by Rupi Kaur. (Andrews McMeel) A collection of poetry about love, loss, trauma and healing.	
4	**THE QUEEN'S GAMBIT,** by Walter Tevis. (Vintage) Sixteen-year-old Beth Harmon goes through changes as she plays chess in the U.S. Open championship. The basis of the Netflix series.	
5	**THE BLUEST EYE,** by Toni Morrison. (Vintage) The Nobel laureate's first novel, published in 1970, is an examination of race, class and gender through the tribulations and yearnings of young Black girl living in post-Depression Ohio.	
6	**THE SUN AND HER FLOWERS,** by Rupi Kaur. (Andrews McMe A second collection of poetry from the author of "Milk and Hone	
7	**THE SONG OF ACHILLES,** by Madeline Miller. (Ecco) A reimagining of Homer's "Iliad" that is narrated by Achilles'	

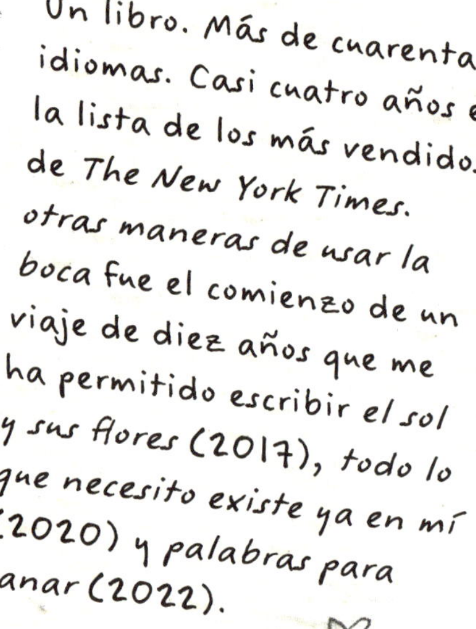

Un libro. Más de cuarenta idiomas. Casi cuatro años en la lista de los más vendidos de *The New York Times*. otras maneras de usar la boca fue el comienzo de un viaje de diez años que me ha permitido escribir el sol y sus flores (2017), todo lo que necesito existe ya en mí (2020) y palabras para sanar (2022).

A la gente de la editorial Andrews McMeel: nunca pusisteis en peligro mi creatividad. A cada editor y cada traductor del mundo. A las imprentas. A los conductores que entregáis el papel. A la gente que lleva cajas pesadas a las fábricas. Los trabajadores que empaquetan los libros. Los libreros. La gente guay que trabaja en librerías. A todas las poetas, escritoras y mujeres antes que yo que allanaron el camino. A todos vosotros, mis lectores, que convertís mis sueños en realidad. Os quiero. En esta vida, nuestros éxitos no nos pertenecen: son la acumulación de cosas que un grupo de gente puede hacer cuando cree en algo.

¡Gracias por darle a
otras maneras de usar la boca
diez años de amor
y vida!

♡

Foto de Baljit Singh